小小说美文馆

苍生百相

主编◎马国兴　吕双喜

老牛车上的钢琴

郑州大学出版社

图书在版编目(CIP)数据

苍生百相:老牛车上的钢琴/马国兴,吕双喜主编.—郑州:
郑州大学出版社,2014.2(2023.3 重印)
(小小说美文馆)
ISBN 978-7-5645-1679-6

Ⅰ.①苍… Ⅱ.①马…②吕… Ⅲ.①小小说-小说
集-中国-当代 Ⅳ.①I247.8

中国版本图书馆 CIP 数据核字(2013)第 310899 号

郑州大学出版社出版发行
郑州市大学路 40 号   邮政编码:450052
出版人:孙保营   发行部电话:0371-66658405
全国新华书店经销
三河市鑫鑫科达彩色印刷包装有限公司印制
开本:710 mm×1 010 mm 1/16
印张:13
字数:185 千字
版次:2014 年 2 月第 1 版   印次:2023 年 3 月第 2 次印刷

书号:ISBN 978-7-5645-1679-6   定价:42.00 元
本书如有印装质量问题,请向本社调换

"小小说美文馆"丛书

总 策 划 、总 主 审

杨晓敏　骆玉安

编委名单

主　编　马国兴　吕双喜

编　委　（以姓氏笔画排序）

王彦艳　连俊超　李恩杰

李建新　牛桂玲　秦德龙

梁小萍　郑兢业　步文芳

费冬林　郜　毅

序

杨晓敏

书来到我们手上,就好像我们去了远方。

阅读的神妙之处,在于我们能够经由文字,在现实生活之外,构筑属于自己的精神生活。透过每篇文章,读者看到的不仅是故事与人物,也能读出作者的阅历,触摸一个人的心灵世界。就像恋爱,选择一本书也需要缘分,心性相投至关重要,阅读的过程中,你会发现他与自己的不同,而你非常喜欢,也会发现他与自己的相同,以致十分感动。阅读让我们超越了世俗意义上的羁绊,人生也渐渐丰厚起来。

在这个信息碎片化的网络时代,面对浩若烟海的读物,读者难免无所适从,而阅读选本无疑是一个不错的选择。从《诗经》到《唐诗三百首》再到《唐诗别裁》,从《昭明文选》到"三言二拍"再到《古文观止》,历代学者一直注重编辑诗文选本,千淘万漉,吹沙见金。鲁迅先生说过:"凡选本,往往能比所选各家的全集更流行,更有作用。册数不多,而包罗诸作。"为承续前人的优秀传统,我们编选了"小小说美文馆"丛书。

当代中国,在生活节奏加快与高科技发展的影响下,传统的阅读与写作方式发生了深刻的变化,小小说应运而生,成为当下生活中的时尚性文体。小小说注重思想内涵的深刻和艺术品质的锻造,小中见大、纸短情长,在写作和阅读上从者甚众,无不加速文学(文化)的中产阶级的形成,不断被更大层面的受众吸纳和消化,春雨润物般地为社会进步提供着最活跃的大众智力资本的支持。由此可见,小小说的文化意义大于它的文学意义,教育意义大于它的文化意义,社会意义又大于它的教育意义。

因为小小说文体的简约通脱、雅俗共赏的特征,就决定了它是属于大众文化的范畴。我曾提出,小小说是平民艺术,那是指小小说是大多数人都能阅读(单纯通脱)、大多数人都能参与创作(贴近生活)、大多数人都能从中直接受益（微言大义）的艺术形式。小小说作为一种文体创新，自有其相对规范的字数限定（一千五百字左右）、审美态势（质量精度）和结构特征（小说要素）等艺术规律上的界定。我提出的小小说是平民艺术，除了上述的三种功效和三个基本标准外，着重强调两层意思：一是指小小说应该是一种有较高品位的大众文化，能不断提升读者的审美情趣和认知能力；二是指它在文学造诣上有不可或缺的质量要求。

小小说贴近生活，具有易写易发的优势。因此，大量作品散见于全国数千种报刊中，作者也多来自民间，社会底层的生活使他们的创作左右逢源。一种文体的兴盛繁荣，需要有一批批脍炙人口的经典性作品奠基支撑，需要有一茬茬代表性的作家脱颖而出。所以，仅靠文学期刊，是无法垒砌高标准的巍巍文学大厦的。我们编选"小小说美文馆"丛书，是对人才资源和作品资源进行深加工，是新兴的小小说文体的集大成，意在进一步促进小小说文体自觉走向成熟，集中奉献出思想内容与艺术形式兼优的精品佳构，继而走进书店、走进主流读者的书柜并历久弥新，积淀成独特的文化景观，为小小说的阅读、研究和珍藏，起到推动促进的作用。

编选"小小说美文馆"丛书，我们选择作品的标准是思想内涵、艺术品位和智慧含量的综合体现。所谓思想内涵，是指作者赋予作品的"立意"，它反映着作者提出（观察）问题的角度、深度和批判意识，深刻或者平庸，一眼可判高下。艺术品位，是指作品在塑造人物性格，设置故事情节，营造特定环境中，通过语言、文采、技巧的有效使用，所折射出来的创意、情怀和境界。而智慧含量，则属于精密判断后的"临门一脚"，是简洁明晰的"临床一刀"，解决问题的方法、手段和质量，见此一斑。

好书像一座灯塔，可以使我们在瞬息万变的社会不迷失自己的方向，并能在人生旅途中执着地守护心中的明灯。读书是一种积极的生活情趣，一个对未来的承诺。读书，可以使我们在人事已非的时候，自己的怀中还有一份让人感动的故事情节，静静地荡涤人世的风尘。当岁月像东去的逝水，不再有可供挥霍的青春，我们还有在书海中渐次沉淀和饱经洗练的智慧，当我们拈花微笑，于喧嚣红尘中自在地坐看云起的时候，不经意地挥一挥手，袖间，会有隐隐浮动的书香。

（杨晓敏，河南省作协副主席，郑州小小说文化传媒有限公司董事长、总编辑，《小小说选刊》《百花园》主编。）

目 录

深 入

孙春平

夏伯舟除了是副县长,还有一个更真实的身份——作家。省作协安排一些有实力的中青年作家挂职深入生活,夏伯舟便来到了这个山区的县城,行有车,食有鱼,结交了一批新朋友。县城里庸常的生活到了他眼里,一切都是新鲜活泼的,感觉不错。

县办秘书小余是个文学爱好者,作品没少读,偶尔也小试牛刀。身边来了大作家,无疑是个近水楼台的机遇。这一阵,小余去大山里的佟家沟定点扶贫,隔个十天半月回县里一趟,常到夏伯舟的办公室坐一坐,扯一扯,说些小山村里的趣事,引得夏伯舟好不眼热。夏伯舟说:"哪天我跟你去玩玩,行不行?"小余说:"求之不得呀!您把时间定下来,我让村里做好准备。"夏伯舟忙摆手,说:"可别,那叫扰民,没意思。我去,就是你的一个朋友,你千万不能暴露我的副县长身份,大家都随意。不然,我就不去了。"小余想了想说:"就说您是帮我搞电脑的朋友,名正言顺。"夏伯舟说:"只要别露乌纱翅,咋都行。"

这也不算撒谎。一个月前,小余回来说县教育局要求每个中小学都要配置电脑,村里的小学校没辙儿了,请他帮忙想办法,夏伯舟就主动把这事揽了过去。县建设银行的行长是他念大学时的校友,一声令下,五台电脑更新换代,撤下来的都拉去扶了贫。夏伯舟对小余有叮嘱,说我可不图虚名,不然,别的扶贫干部再来找我,可就是猪八戒养孩子——难死猴了。

那天,夏伯舟是坐县里的小汽车去的佟家沟,离村口还有二里地,他就下了车,随候在那里的小余步行进村。夏伯舟对司机说:"晚上六点,你来接我。"

小余在村里混得人缘不错。听说他的朋友来了,村干部、小学校长、房东,还有一些村民都跑了来,嘻嘻哈哈的好不亲热。村委会主任佟大林说:"城里的哥们儿来了,图的是山里的新鲜,走,转转去。"小余问:"午间还回来不?"佟大林说:"随你支派。"小余便在小卖店买了一堆面包饮料火腿肠什么的,几个人抢着分提在手上。

一路行走,一路说笑,家长里短,荤荤素素,想到哪里说哪里,全无顾忌。在林子一隅,佟大林只说去撒尿,再露面时手里竟多了支双筒猎枪。夏伯舟惊异,说你们这里还许打猎呀?佟大林挤挤眼,说啥许不许,城里的官还不许腐败呢,玩玩呗。

几人在山上玩得挺高兴,打了一只野兔、三只野鸡,有一只还倒在夏伯舟的枪下。佟大林说,要是命好,再撞到咱枪口一只野猪或狍子,更美了。太阳压了西山时,几个人回到佟大林的家,猎物往锅台上一扔,几个女人便忙起来。

擦了脸洗过手,在等着开饭的时间,小余打开电视机,拿遥控器顺着频道一路选下去,正巧见一家电视台正播一部根据夏伯舟写的小说改编的电视剧,便停下了,说就看这个,写咱乡下的,老有意思了。没想那几人看了一会儿,便挖苦起来,说这作家,闭着眼睛吃荆条拉粪箕子——瞎编,乡下人要这么过日子,得喝西北风去。心里还有些得意的夏伯舟尴尬得不知说什么好,忙说换台换台,挑好看的。

一大盆鸡兔乱炖端上来,几大碗烈性烧酒斟下去,碰杯,喝酒,不讲斯文,豪情万丈。席间,佟大林还叫把村里几个能喝会讲的找来,南山打狼、北山擒虎、谁谁谁偷了小姨子、谁谁谁扒了叔伯嫂子的裤子、四大红、四大绿、四大埋汰、四大窝囊,谈兴是风,酒力是火,火借风势,风助火威,彼此间放声地笑,大口地喝。转眼间,几瓶酒已罄尽。

谁也没注意窗外的夜幕已降下来,谁也没听到院门外汽车的轰响。及至司机推门进来,叫了声县长,热火朝天的酒席陡然就静了下来,就好像一团烈火猛然被冷水浇灭。佟大林将擎在手里的酒碗放在桌上,红着眼睛怔怔地问,你……你是县长?夏伯舟忙端酒赔笑说:"今儿我什么都不是,只是个朋友,喝酒,喝酒。"又问司机,"你怎么找这儿来了?"司机说:"我在村外等了一阵……"

酒却再难喝得欢畅,也没人再讲笑话,有两人只说上厕所,便再没见回来。一桌酒席礼貌而冷清地收场。

三天后,小余再回县政府,见了夏伯舟就说:"夏县长,我回来了。"

夏伯舟没太在意,说:"回来好,也该歇几天了。哪天再回去?"

小余蔫头蔫脑地说:"就不回去了。"

夏伯舟一怔,问:"怎么个意思?"

小余嘟哝说:"那天的事,村里人挺生气,说我没把他们当朋友……"

夏伯舟心里堵了一下,说:"是不是他们想多了?要不这样,哪天我跟你再去佟家沟,我请罪,我解释。"

小余摇头说:"只怕越描越黑。他们说,佟家沟穷得起,可傻不起……"

夏伯舟无言了。那一刻,作为作家的他似乎明白了许多,却又越想越难得要领了。

阿咩走穴

孙春平

　　大山里穷。县里乡里为帮山里人脱贫,想了许多办法。五年前,县里召集了一次知青返乡恳谈会,三道沟乡安乡长看与会者名单上有个乔卓兰,职务栏内注着是一家服装集团的董事长,便想起当年来家乡村子插队的知青中有位大姐,也叫这个名字,当时青年点还没建起来,乔大姐便和自己的亲姐姐在一铺炕上睡了近一年。安乡长急奔会议下榻的宾馆,见面先报了自己亲姐姐的名字。乔大姐惊喜地问:"你是四旋儿?"安乡长便挠着脑袋哈哈地笑:"难得大姐真还记得我!"

　　四旋儿是安乡长小时的外号。乡间有句俗谚:"一顶拧,俩顶横,三顶打架不要命,四顶说话不一定。"顶就是头发里的旋儿,此谚语专指男孩子。人生下来,一顶两顶为多,三顶已很少,四顶的则像东北虎、金丝猴,很珍稀了。

　　那一次,安乡长陪乔大姐回到乡里,乔大姐哪儿也不去,坐在姐姐家的院子里剥了半天苞米。临走,乔大姐说:"来时我从乡路上一走,就知这些年这里没啥太大的变化。这样吧,十天之间,我会派人送来四十只绒山羊,你们分到十个村子十家农户去,每家三母一公。我考察过,这种羊很适合在这一带山区饲养,羊绒的经济价值非常高。我的建议,最好不要放在山上散放,而是精养舍饲,那对山林植被也是一种保护。我早有在县里建绒毛加工厂的打算,五年后我再来看,如果咱们乡的山绒羊饲养真成了规模,我就把厂址选在这里。"

五年的时光,说快就快,说慢也慢。今年秋天,乔卓兰不食前言,果然就又一次来了乡里。这五年,安乡长因没有明显的政绩,还在原来的职位上踏步不动。他一直盼着乔大姐来,乔大姐真若在乡里建起工厂,那他的政绩就突出了,升迁就有指望了。可他心里也犯难,五年前四十只绒山羊分到十家,有几家不听指教散放在山上,或跑失或滚崖或生病而死;还有几家因婚丧嫁娶或孩子升学,干脆把羊变了钱;更有两家嘴馋的,过年时羊就变成餐桌上的美味。眼下乡里真正可供人一看的,其实也就三家,每家已发展到三四十只,圈在一起也很惹人眼热。但三家就能算规模吗?

活人总不能让尿憋死,且让你先把厂子在乡里建起来再说。安乡长发了狠心。

那天,安乡长陪乔大姐在农户羊舍前看,边看边介绍:"要说规模吧,可能有失大姐期望了。像这架势的,眼下一个村也就三五户。全乡十五个村,如果全乡的羊都能集中到一个村里来,那才真正叫规模化呢。"

乔大姐却很满意:"这是基础,还算结实。万事开头难,有了基础才能万丈高楼平地起呀。这已经超过我的预想啦!"

安乡长很振奋:"还是咱大姐,张口就是明白话! 这就好比打麻将,先得上挺求和,和了后才能数番,一翻二,二翻四。眼下一个村有三户,明年就是六户,后年就是十二户。那一个乡是多少? 您先张罗着把绒毛厂建起来,有这工夫,羊就翻了一番啦!"

乔大姐说:"打麻将的事我不懂,可道理应该是一样的吧。"

正巧有只小羊羔从圈里钻出来,雪白雪白,绒绒的,球一样滚到乔大姐脚下。乔大姐弯腰抱起它,喜爱地在怀里摩挲,那小东西瞪着黑亮亮的眼睛,还伸出柔润的舌头在乔大姐手心里舔。乔大姐疼爱地说:"小东西,叫什么名字呀?"那小羊便"咩"了一声。乔大姐笑了:"好,就叫阿咩,挺好听的。"

安乡长不失时机地掏出数码相机拍下了这一幕,还拿到乔大姐眼前去:"大姐看看,多美。日后我们乡里绒山羊产业大发展,大姐是祖师奶奶,首席

功臣,这一幕就是历史的见证,家家户户都得挂起来!"

乔大姐把一个村的三家养羊户都看了。安乡长问:"还去不去其他村?"乔大姐说:"还是多看看好。"安乡长说:"谨遵懿旨,大姐您说再去哪儿?"乔大姐随口说了垃子口,那是乡里最偏远的一个村子。安乡长说:"我的车加油去了,马上就回,咱们先去村委会喝点水,车到就走。"

乔大姐在去垃子口的路上发现自己的戒指丢了。那个戒指不值多少钱,却是结婚时先生戴在她手上的。先生也是老知青,却英年早逝,那戒指便成了她永久的念想。那一刻,乔大姐的心里很痛惜,一路都在想可能丢在哪里,却缄口没跟任何人提起这个事。

到了垃子口,再进农户家,又一只可爱的小绒羊滚过来,对着乔大姐"咩咩"地叫。安乡长说:"大姐快抱抱它,我再给您照一张,身后的大山有特点,有此景相衬意义非凡啊。"

盛情难却,乔大姐便再一次抱起了小绒羊,手又在羊身上摩挲。可这一摩挲不要紧,就摩挲出了异样。乔大姐从羊绒上摘下一件东西,看了看,竟正是自己丢失的那个戒指。她怔了怔,放下羊,然后淡然一笑,竟直呼了安乡长少年时的外号:"四旋儿乡长啊,这只小咩很诚实,大老远的,竟将我丢失的戒指送来了。走吧,我哪儿也不看了。十天内,我再派人给乡里送来四十只种羊,还是五年为期,到时我再来看吧。"

老牛车上的钢琴

孙春平

　　碹子沟村小学校长谢海是入夜时分进的杜老明家。村主任杜老明大号杜明大,年近花甲,村里人便都喊他杜老明,含着敬畏在里面。杜老明喝了酒,正歪在枕头上迷糊。都是村里的老哥们儿,彼此也不客气。谢海说:"今天我去乡里开会,市里白给了一台钢琴,说是市长亲自拍的板,全市一个学校一台,票儿已经在我手里了,要求三天内必须拉回来。"杜老明不以为意,说:"那你就拉嘛。"谢海说:"我驾辕? 你总得给我派辆车。"杜老明说:"又不是生产队了,谁家车让你白使唤?"谢海说:"那你出钱,我进城雇辆车也成。"杜老明说:"我要有钱,早给学校买煤了,看孩子们冻得龇牙咧嘴好受啊? 咦,那台钢琴值多少钱?"谢海说:"听说从厂家批发,也得万儿八千的。"杜老明惊得翻身坐起,嘴里嚷:"操,那还不如给学校拉来几吨煤呢!"谢海往门外溜了一眼,小声说:"校长们也都这么想,可乡里有话,钢琴是市领导对乡村儿童的关怀,一定要用在实处,不许卖!"杜老明又骂:"我也不是小瞧你们学校的几位先生,扔下粉笔头,哪个回家不是撸锄操镰的主儿? 一个个手指头像烧火棍似的,还用在实处呢。"谢海尴尬地笑,说:"会不会也得把它拉回来,过些日子市里还要来人检查呢。"杜老明扯过烟笸箩,卷了一根烟,吸去大半截,才说:"明早鸡叫两遍,我赶上我家的老牛车,你跟我一块走,到地方再说,能卖就用那钱先买一吨煤,卖不了就拉回来。"谢海再强调:"上头有话,不许卖。"杜老明说:"上头的话多了,还不许用公款大吃大喝呢。你不用怕,这个事,出了毛病算我的,大不了撤了我这个虮子大的小村官。"

两人是顶着满天的星斗上路的。时近腊月,寒风刺骨,谁也不敢坐车,都跟着四条腿的牲口在路上跑。晌午前,果然就进了县教育局的大院。大红的横幅标语挺显赫:加强素质教育,回报领导关怀。大院里人头攒动,车辆拥杂,五花八门,什么车都有,竟还有毛驴仰着脖子鸣嘎地叫,与汽车的鸣笛声汇成合唱,不甚和谐。果然有人鬼鬼祟祟地往前凑,问卖不卖,又说给六千,一手钱,一手票,都利索。杜老明心动,谢海却犹豫,说:"还是等上级检查过了再卖,免了费话。"杜老明便对买主说:"等等吧,消停了再说。"买主却急切,说:"我先交一千元定金,过完春节我去拉货。"两人觉得这也不错,有了千元在手,就可以先拉回两吨煤过冬,便应允了。

摇摇晃晃吱嘎乱叫的老牛车载着现代的时髦玩意儿回到大山里,已是夜深。临进村,杜老明又有了主意,说:"钢琴进了学校,没几天又卖了,不定在老师和学生间惹出些什么闲话,传进领导耳朵,又是一场麻烦,这事最好只你知我知。"谢海问:"又不是拨浪鼓,这东西你能揣怀里?"杜老明用鞭杆指着村外的废砖窑,说:"先藏这儿,反正冬天也没雨。上头检查的事,多是用嘴巴说说,哪能挨村跑,真要非来砬子沟,咱们现往学校拉也赶趟儿。"谢海担忧地说:"不会丢了吧?"杜老明说:"除了你我,天上的星星还能下凡来做贼?再说,这么大的摆设,村里人谁敢往家里搬?搬了又往哪儿藏?藏了又有个狗屁用!"

老牛车进了废砖窑。老牛饿了一天,不能不拉回去喂喂。这好办,叠几块砖头将车架起来,牛就卸套了。不好办的是车上的钢琴,两人怎么卸?杜老明说:"这也好办,明天,把你儿子叫来,再加我们爷儿俩,四个人,足够了。"

但第二天一早,谢海再跑进杜老明的家,天地就突然翻覆了。谢海惊慌地说:"不好了,钢琴飞了!"同样大惊的杜老明急随谢海往砖窑跑,果然看到只剩那辆破车还支架在那里,仔细往窑外找,便见了两道辙印,是汽车的。

谢海说:"会不会是买钢琴的那人一路偷偷随了来,看咱们把钢琴放在这儿,就在夜里下了手?"杜老明说:"八成。"谢海说:"报警吧?"杜老明却摇头,说:"报了就能破? 警察来了,人吃马嚼,一架钢琴够不够都难说。这是个偷来的破锣,敲不得。"谢海心想,昨儿夜里,杜老明怎么非要把钢琴往这儿放? 不会是他吧? 杜老明心里也想,不会是贼喊捉贼吧? 当然,两人都仅仅是想,谁也不会说破。

春节前的一天,乡里突然来了通知,说市里的人明天要来调查钢琴入校后的情况,是抽样,偏偏抽到了碰子沟。那一夜,杜老明和谢海驴拉磨似的转,愁眉苦脸,直转到夜深。杜老明将老牛又上了套,赶上了进村的盘山道。山道陡峭,一侧是大山,一侧是悬崖,路窄处仅能过一辆车。杜老明贴着牛头往崖边挤。谢海惊问:"你要干啥?"杜老明抹了一把脸上的老泪,说:"屎顶腔门,就得对不住它了。"说话间,老牛破车轰然滚下山崖,两人站在崖边,望着漆黑的崖底,发了好一阵呆。

市里的干部来了,看到了崖底粉碎的破车,看到了村民正给死牛剥皮剔肉,还看到山林深处新立起一处土包,土包前立起了一块木牌,上面是谢海的亲笔黑迹——钢琴之墓。杜老明说:"钢琴领到手,我怕孩子们稀罕得不知深浅,就先寄放在了城边我妹子家,想等开春专给它盖间屋,谁想到听领导来检查,我急着往回拉钢琴,牛车却滚了崖,可惜啦!"

市里的干部唏嘘一番,吃完牛肉炖萝卜,走了。谢海说:"没了钢琴就得退定金,可过了年,还有一个多月的冷天,孩子们还得遭上一阵罪呀。"杜老明说:"早知这样,我还不如当初把牛卖了,贵贱也能换回两吨煤来。"

活　宝

芦芙荭

　　奇怪的事发生在一个早晨。

　　猫头的父亲早上去庄子的水井挑水，看见一只老母鸡领着一群小鸡在水井边嬉戏。他觉得奇怪，是谁家的鸡，这么早就跑出来了？那些小鸡长得很可爱，猫头的父亲放下水桶，忍不住就伸出手去抓住了一只小鸡。奇怪的事就在这时发生了。只是一瞬间的工夫，那只老母鸡和其他的小鸡就不见了，再看看手里的那只小鸡，却已死去，变成了一只沉沉的小金鸡。

　　猫头的父亲高兴坏了，他知道他这是遇到活宝了。

　　所谓的活宝，就是能在地底下跑的宝。比如金鸡呀，金马呀，金猪呀。它们在地底下长成了形，时不时地就会跑到地面上来显露一下。

　　庄子里早先就有一个会赶宝的人，他能将地下的那些活宝从地下赶出来，只是他还从来没有将活宝捉住过呢！

　　猫头的父亲将那只小金鸡捧回了家。他让猫头娘捧着那只小金鸡看，他又让猫头也捧着那只小金鸡看。他对他们说："哈，这回我们真的发财了！"

　　就在他们一家人做着发财的美梦时，意想不到的事发生了。

　　当猫头有些爱不释手地将那只小金鸡交给他父亲时，一不小心，那只小金鸡给掉在了地上。谁能想到呢？那只小金鸡一掉到地上，就像鱼儿见了水一般,活了。它竟然还"叽叽"地叫了一声,就一头钻进地里去了。猫头眼明手快,他伸手想拽住那小金鸡的尾巴,却是什么也没抓着。

到了嘴的肉竟然没了。

事情就是这样,当初,要是这只小金鸡不出现在猫头父亲的面前也就罢了。现在,它出现了,却一转眼又没了,这让猫头一家人的心里都不好受。

于是,猫头的父亲在一天黄昏,做出了一个决定。他决定掘地三尺,也要找到那只小金鸡,活捉这个活宝。

猫头的父亲对他们一家人做了明确的分工。猫头的父亲负责挖掘工作,猫头和他娘负责运土渣。

那天晚上,他们点燃了油灯,从那只小金鸡掉下去的那个地方开始了挖掘。

他们就像几只土拨鼠那样,一点一点地将土从地下拱了出来。

当他们挖到两米深的时候,麻烦来了。一块硕大的石头挡在了那里,铁锹碰上去金星四溅。他们不得不改变挖掘的方向。方向的改变,使挖掘工作顺利了许多,这让他们受到了很大的鼓舞。

洞越挖越深,为了节省时间,除了上厕所,猫头和他的父亲几乎不再出洞,甚至连吃饭都是让猫头娘给他们用箩筐吊下去。他们刚开始挖洞时,正是初春季节,猫头和他的父亲还穿着小棉袄呢。现在,他们已是光着胳膊在下面挖掘了。猫头父亲的脸上,胡子也长得老长。

有一天,猫头娘给他们用箩筐吊下饭时,还用一片大树叶给他们包了一包东西。他们打开一看,竟然是一包樱桃。猫头父亲说:"我们下来时,樱桃树还没发芽呢,现在樱桃都能吃了。"

猫头说:"我们挖出去的土上面怕是长草了吧。"

猫头和他父亲就这样一边说着话,一边吃着樱桃。樱桃很甜,他们却看不清樱桃的颜色。

突然,猫头听见他的父亲欣喜地叫了一声。

猫头的父亲说:"猫头你听,我好像听到了鸡叫的声音呢。"

洞里一下就静了下来。猫头和他父亲都屏气凝神,果然,有鸡的叫声若隐若现地传来。

猫头的父亲简直是欣喜若狂了,他说:"呀,我们快要捉住活宝了。"

猫头说:"我们要捉住活宝了。"

两个人完全忘了困倦和劳累,他们拿起铁锹又开始挖了起来。时而,他们会停下,侧起耳朵来听一听。鸡叫的声音似乎越来越清晰了。

接着,更令人兴奋的事发生了,他们看见,就在他们面前不远的地方,一个金光闪闪的东西在地上一跳一跳的。他们不约而同地扑了过去,可是,等他们到了那里,那东西有意要捉弄他们似的,一眨眼就不见了。

后来,猫头就看见那东西跳到了他爹的背上,猫头伸手去抓,却什么也没抓住。猫头再伸手去抓,就抓住了一个圆圆的光柱。这时,又一声鸡叫的声音传了过来。这一次,那鸡的叫声是那样的真切,仿佛就在身边的某个地方。猫头的父亲一铁锹挖下去,眼前就一下豁亮了起来。他们顺着那亮光爬过去,就看见一只金黄的母鸡,正带着一群可爱的小鸡在一片草地上觅食呢。

同时,他们还听见了狗的叫声和人的争吵声。他们拍了拍身上的泥土站起身时,才发现,原来这是他们家的后院。

从后院里出来时,猫头和他爹才发现,时令已到了夏天,地里的麦子已黄了。奇怪的是,那一片金黄的地里,竟然没有人去割麦子,许多人都拎了口袋和竹筐在抢他家门前他们挖出来的土。

那些人将那抢来的土背到河边,用木盆从土里淘金呢。

猫头娘却是一头的汗水,还在一箩筐一箩筐地将土往外运。

乡村小站

聂鑫森·

　　天刚蒙蒙亮,这个名叫"为民"的路边小店就打开了店门。一截子柜台,挨墙一排货架,还留下半间店堂,摆着两张桌子和几条板凳。小店服务的范围很广泛,卖油卖盐卖酱醋,卖烟卖酒卖茶水卖点心,卖毛巾卖肥皂卖牙膏卖牙刷……酒是自酿的谷酒,茶是现烧的放了茶叶末子的大碗茶。

　　店主奉强,三十岁出头,个子高高挑挑,脸色很白净,一看就不是那种在乡下愿意出死力气种田的角色。他早就看中了这条乡村公路,用几年来家里种大棚蔬菜赚的钱,选了一个离附近村子比较近的地段,建了这家小店。然后他对父母和妻子说:"你们还是种菜,我去赚点大钱回来。"

　　一切都像他所预计的那样,乡村公路加宽、修整后,城里的公交车开通了,四乡八镇一下子热闹起来。但也有奉强预计不到的事,乡村公路根据规定每两公里设一个站,谁知这个叫"马塘"的站,并没有设在"为民"小店的门口,而是在离此两百米远的地方!

　　提起这件事,奉强就要骂娘。这不是跟他过不去吗?操!

　　小店当然没有红火,买东西的人虽有,但所赚的钱只是维持生计而已。去搭车的人,匆匆忙忙赶到那个站牌边去等候,车又没个准点,等半小时、一小时是家常便饭,而且谁也不敢离开站牌。

　　奉强常常站在店门口,望着那一群等车的人,眼珠子都溅出了火花。

猪！蠢猪！不知道到店里来喝杯茶呷杯酒，这里不晒太阳不淋雨，多安逸！偏要像电线杆子一样傻站着，活受罪！

慢慢地，奉强明白了，能怨这些等车的人吗？只能怨那块狗日的站牌。人都是向着它靠拢的，我就不能让站牌挪个位置？活人不能让尿憋死！

奉强像喝了兴奋剂，精神一下子火旺起来。

一到黄昏，公交车就休班了。乡下不像城里，到处贼亮贼亮，连个鬼都藏不住。这里还没有发展到那个水平，天一黑就真的黑了。

当夜，奉强大摇大摆地把站牌挖了出来，把坑填得平平的，然后再扛着站牌得胜回朝，栽到小店的门口。

第二天早晨，搭车的人就像铁屑受到磁铁的吸引，都聚到小店门口来了。

有人问奉强："站牌怎么移到这里来了？"

奉强说："公家的事，谁搞得清？你们不喜欢？这里可以免费坐板凳歇憩，总比傻站着强吧。"

"那是的。"

这一趟车也怪，久久不来。

发了酒瘾的老倌子喊道："奉老板，来二两谷酒，一碟花生米！"

"好咧！"

喉咙发干的后生说："来碗茶！"

"好咧。"

细伢子嫩妹仔，看见糖果点心了，馋得流口水，吵着要大人买了吃。

汽车终于来了。

奉强迎上去，给司机送上一碗茶，递上一根烟。

司机一边喝茶，一边接过烟点着了。

"这站牌长脚了，走到这里来了？"司机笑着问奉强。

"这里设站牌，符合广大农民的利益，你说是不是，大哥？再说，你们司机喝个茶，或者让我帮你们买点什么便宜农副产品，我不是可以代劳吗？"奉强笑嘻嘻地说。

"也是。"司机打了个哈哈。

车开走了，等候下班车的人，又陆续坐满了店子。

五天后，公交公司路管科得到了消息，为了不影响白天的行车秩序，在一个夜晚，来了一辆车、几个人，又把站牌移回了原地。

当时，小店已关了门，奉强正在看电视。外面发生了什么事，他一清二楚，只是闭门不出，任他们去折腾。

到了半夜，奉强又去把站牌移了回来。

天亮后，奉强照样早早打开了店门。

他粗粗地估算了一下，这几天的营业额十分喜人，光五毛钱一两的谷酒就卖出了五十斤，三毛钱一碗的茶卖出了两百碗！

里里外外一个人，累。烧茶、卖货，还要弄自己吃的饭菜，不容易。再坚持些日子，大局稳定了，得把老婆喊来帮忙。

头班车缓缓停下了。

奉强迎上去，对司机说："你要的两只土鸡和五十个土鸡蛋都备好了，返回时，你顺便带走！"

司机鸣一声喇叭，说："谢谢啦。"

站牌移过去，再移回来，路管科和奉强较上了劲，一个月中，斗了好几个回合。在这场站牌保卫战中，奉强表现出了一种百折不回的精神。强龙都不压地头蛇哩，你们小看现在的乡下人了！

有一天，一个司机悄悄告诉奉强，公交公司的领导听到路管科的汇报了，下星期要来亲自处理这件事。

奉强小声说："我等着他来。不过，你要帮我一个忙……"

司机笑着答应了。

奉强把老婆叫来帮着看店子，自己紧锣密鼓地忙起来。

先是去城里锦旗铺定制了两面锦旗，一面是"本地农民"赠给"为民小店"的，上书四个大字："农民之家"。一面是借用过路公交车司机的名义相赠,也写着四个大字:"司机之家"。锦旗挂在店堂正面的墙上,红底金字,格外醒目。

接着,奉强找了乡镇的几个主要负责人,请了一顿酒饭。他拿出一份早已写好的报告,题目是《关心农民利益,设站必须合理》,请乡政府盖个章,再由他请个人直接送到公交公司去。这件事自然得到了认可,都说只有你奉强,才时刻想着农民的事,好!

奉强又找到一个如今在本地电视台当记者的初中同学,提供"公交公司关心农民移站牌"的新闻线索,而且迅速地在电视上播发出来。接着,同学又对"为民小店"的热情服务,进行了报道。

一个星期过去了。

两个星期过去了。

公交公司的领导连影子也没有看见一个。

那个通风报信的司机,有一天问奉强:"来了吗?"

奉强仰天大笑,然后,摇了摇头。

"奇怪,怎么不来了?"

"他们在电视上都看到了,还来做什么?"

司机一下子明白过来了,说:"奉强呀,你精明!"

站牌就这样在小店的门口牢牢地扎下了根,再也没有移动过了。

咆哮体

韩少功

　　他是一傻子,一流浪哥,经常蓬头垢面破衣烂衫,身上还冒出一股酸臭。他不知什么时候来了,不知什么时候去了,没一个定准。他上桌吃饭,东家给多少,他就吃多少,自己从不叫饿或者添饭。他上床睡觉,东家给多少,他就盖多少,自己屈着一条干枯的背脊从不动弹,似乎对冷热毫无感觉。

　　有意思的是,这傻子据说能通神,在屋檐下插上几根香,嘴里便念念有词。如来佛祖,玉皇大帝,武圣关公,土地爷……诸多神圣名号都喊上一遍以后,他闭上眼,垂下头,放出一个屁,冒出一个嗝,右手里一根木棍不停地跳动,大概就有附体神灵了。

　　人们可以求他帮助排解一些人生难题,但须习惯他的凶狠,因为他每次回答,都瞪大眼睛,咬紧牙关,面目狰狞,凶巴巴地高声大气,整个一个咆哮体,似乎问话者都是他不共戴天的仇人。特别是人家若问神圣何来,想查验一下他的身份时,他对这种存疑必定不快,更是破口大骂:"你一根臊毛出裤裆啊?"他手中木棒猛击门槛,发出震天的巨响——"响佬"这个绰号、"咆哮体"的含义,想必就是这么来的。

　　当然,来人在请教之前,得如实报上自己的八字和属地,包括本村各位神灵的名号,比如城隍是谁、土地是谁、灵官是谁,这相当于县、乡、村三级神界的干部列席,以便傻子总揽全局,协调各方,找准问题,现场办公。一般来说,他不测字,不算命,也不掐阴阳,只是对一些往事比较计较和生气。翻白眼或斜视路边一只小鸡的时候,他能大声吼叫出各种历史真相:你多年前有一兄弟死在外边未曾收尸,你狠不狠心?咚咚。你那一张收据就在右厢房门后的砖缝里,自己瞎了眼,怎么去怪你老婆?咚咚。你上个月偷了老乐家的一只鸭,在坡上烧熟了下酒,不怕烂手烂脚?不怕烂肠子烂肚?咚咚咚。你无聊不无聊?丧德不丧德?一泡屎屙在人家祖坟上,如今胯裆里长疔疮算什么?你吃药也是白吃,打针也是白打,不痛上两个月不行的!那天一个穿白衣的人坐船来,就是搭救你的贵人,你瞎了眼啊……

他吼得很多来人大惊失色,不知那些隐情,包括一些不堪之事——连老婆也不知情的、连父母也蒙在鼓里的,甚至自己都忘记了或不知道的,如何竟被一个外乡傻子了如指掌并且喊得天下尽知。

好多人不敢惹他,当然是一些有秘密的人,见他来了就躲得远远的,根本不敢前去撞枪口。有人甚至想坏他的名声,曾报上一头牛的生辰八字,却问这位牛栏里的"舅舅"为何最近总是同儿媳吵架。

"妖怪!"傻子啐了一口。

"你……你说啊,说啊,到底是怎么回事?"

"大妖怪!"他操起棍子就打。

他追打得来人抱头鼠窜,直到那家伙再也不敢骗他。

这一次,是建华一个妹妹在外打工,几个月杳无音信,家里人怎么打电话也无人接,两度派人去找也找不到,连警察接到报案以后也一筹莫展,只是含糊其辞,说等一等再说,等一等再说。建华是最不相信神鬼的,身为学校教师,讲得了数理化,玩得了电脑,一直把傻子当笑料,但这一次病急乱投医,他被父母骂急了,被左邻右舍劝得多了,也不得不硬着头皮蹲在咆哮哥面前。

傻子坐在门槛上听说事由,翻了个白眼,吐出一口痰,用木棍在地上画了一个圈,然后睡了过去。

这是什么意思呢?大家面面相觑,不得其解。

过一阵，傻子醒过来了，见书生还在眼前，便用木棍在地上敲了三下，气呼呼地瞪大双眼。这个意思更难明白了。

"对不起，小弟愚昧，不解神意。"书生推推眼镜，往对方衣袋里塞了两个咸鸭蛋，"还请大仙进一步指点迷津。"

"你去戴眼镜啊，你去喝牛奶吃蛋糕啊！"傻子不耐烦地放口咆哮，"人家睡在桐梓岭下，饿了几十年，冻了几十年，不找你找哪个？"

这下算是听出点意思了。桐梓岭？他说桐梓岭，是说出了这个明白无误的地名。但桐梓岭下只有一片苞谷地，有些杂树林和小水沟，能藏有什么故事？书生立刻带上锄头去那里翻刨，看能不能找出什么坟石、什么灶砖、什么老树根、什么蛇洞或狐穴。一无所获之后，又找村里老辈人细细打听当年。一位牙齿掉光了的叔爷想了想，才闪烁其词说出一件事：那是抗日战争后期吧，一个日本伤兵摇着白毛巾，扶杖跛行进了村，连连鞠躬地讨饭吃。建华的爷爷给了他茶饭，还接受了对方答谢的一支钢笔，但乘其不备，一锄砸开了对方的后脑门，然后把尸体丢入砖窑，点燃柴火，封住窑口，烧出了皮肉焦臭的一股怪味。

这一往事的知情者极少。当时为了防止日伪报复，几个当事人发了毒誓的，几十年来果真守口如瓶。因此，眼下叔爷的回忆也是有三没四、东拉西扯、似是而非的，一时说是这个下的手，一时说是那个下的手；一时说是被逼下手，一时说是意外失手……但无论如何，一个外乡人落了难，既然鞠了躬，面子踩在脚下了，遭此横祸还是令人唏嘘。

好，退一步，即使他罪大当诛，杀了也就杀了，但没让他叶落归根迁葬故土，阿弥陀佛，似乎仍有点让人不忍的。照老人们的看法，一个人哪怕尸骨无存，但一个衣角，一撮头发，还是得归还家乡的吧？家里人悼念亡灵，总得有个去处吧？

宁可信其有，不可信其无。六神无主的建华遵老人们指点，找到当年的窑址，撒上一筐石灰，大概有消毒的意思；淋上一碗鸡血，大概有镇邪的意思；再供上米饭、猪肉、鲜果，大概有拉拉关系和亲切慰问的意思。他又从网上找来一些日本字,制作出一堆日本冥币,在窑址前烧出了一缕青烟。

说也奇怪,几天之后,他妹妹果然回家来了,挂着大耳环,穿着超短裙,支着一个狼牙棒式的爆炸头,与以前的模样大不一样,显示出这一段时光确实不同寻常。但说起这五个月的失踪,她一言不发,顶多是眼圈一红,掉几滴眼泪,或者突然咯咯咯地大笑,让身旁的人惊惶不已。不过,她举手发誓,她根本没去日本,不认识什么日本人。总之,她与桐梓岭那个鬼魂似乎没有任何关系。

她说的也许都是真话。但村民们觉得,摆平了桐梓岭那一孤魂野鬼,消除一大隐患,可能还是很有必要的,是新农村建设的一项重要工作。想想看,再想想看,建华后来遭遇车祸怎么没伤皮肉?他家的橘子这一年怎么结得那么多?他何德何能很快就当上了学校的副校长?……这些奇事都让人们浮想联翩。后来,祭亡灵烧纸钱时,有更多的人会多烧一把——朝桐梓岭的方向。

不知什么时候,人们突然注意到,傻子好久没有来过这里了。他留下的一个旅游帽——帽檐很长的那种,久久地挂在村口小树上,已经蒙上了一朵朵白色的鸟粪。

大姐二姐和三妹

赵 新

大姐的家住在西刘庄,二姐的家住在中刘庄,三妹的家住在东刘庄。

三个村庄相距都不远:从西刘庄走到中刘庄是五里地,从中刘庄走到东刘庄也是五里地。父母已经不在人世了,三个姐妹常有来往,坐在一起家长里短、左邻右舍、天文地理、国家大事都是话题。三妹爱笑,笑起来声音爽朗,酣畅清脆,而且没完没了,直笑得趴在那里,喘不上气来。

大姐憨厚,就这样说她:"你看你,你看你!"

二姐厉害,就在她的肩头上猛拍一掌:"你起来,笑死鬼!"

三妹爬起身来还是笑,一边笑一边还了二姐一巴掌。大姐说:"老三,我算佩服你了,舍不得吃一丁点儿亏!"

三妹说:"大姐,都是你的妹妹,我为什么吃亏?"

气氛很亲切,很融洽,一家一屋,温馨甜蜜。

大概是农历三月十五那一天,大姐让男人去给两个妹妹送小猪。大姐和男人说,咱们家的猪娃已经满月了,一个个长得虎头虎脑,活蹦乱跳很欢实,你给二妹子送一只,给三妹子送一只。她们和我说过,今年的猪娃就买咱们的!

男人说:"钱呢? 亲戚里道的怎么收人家的钱?"

大姐说:"卖给别人二百二十元一只,卖给她们一百二十元一只,她们给一百块钱也算,给八十块钱也算,你说行不行?"

男人说:"行! 你说了话,还有不行的?"

大姐说:"我再嘱咐你,给她们两家的两只猪娃要一模一样,大小一样,胖瘦一样,斤称一样,品种一样,公都是公,母都是母!"

男人说:"行! 你是大姐,你掌握公平、公正的原则,不偏不向,不偏不倚!"

大姐说:"我还得嘱咐你,你送猪娃时先给东刘庄他三姨送,两只猪娃让她挑一只,然后返回来时再到他二姨家里。他三姨心眼儿多,别让她把事情想歪了,坏了姐妹们的关系,记住啦?"

男人点了点头:"记住啦,记住啦!"

大姐说:"记住了你给我背背!"

男人子丑寅卯背下来,像小学生站在老师面前背课文,大姐很满意。男人推着小车走出西刘庄时,山野里云雾漫漫,凉风飒飒。走了不到三里地,一天细雨飘洒下来,缠缠绵绵,淅淅沥沥,脚下的路很快变得泥泞起来,步步跋涉,步步吃力。男人想,我老汉已经是五十二岁年纪,何苦舍近求远,非要绕过中刘庄,先把两只猪娃送到东刘庄去?男人想,反正两只猪娃大小一样,胖瘦一样,斤称一样,品种一样,我先给他二姨放下一只,再往东刘庄送不是省些力气?男人想,将在外君令有所不受,何况碰上这样的天气,我就做一回主,先到他二姨家里避避雨去!

男人先把猪娃送到了中刘庄,然后推起另一只来到了三妹家里。男人再上路时雨已经停了,一路红桃绿柳,一路花香鸟语。

三妹满面笑容地迎了上来。三妹说:"姐夫,你辛苦你辛苦,谢谢你谢谢你!"然后沏茶递烟,然后做饭炒菜,然后摆开桌子斟酒,然后热情洋溢地说:"姐夫,你喝,你吃!"

男人心里很舒服,很幸福,很热乎,很享受。

三妹说:"姐夫,你是从西刘庄来,还是从中刘庄来? 你没给我二姐送只猪娃?"男人说:"送啦,我今天先到的中刘庄,那里顺路!"

三妹笑道："姐夫，我这里就不顺路了么？还是你们两家近啊！"

男人老实，听不出三妹话里有话。男人笑道："我们当然近，我离二妹五里地，离你十里地，正差一半不是？"男人忽然想起女人的嘱咐，赶紧补充说："不管先去谁家，猪是一样的猪，我都用秤称了的！"

三妹说："好，好，我就知道你得先去中刘庄！姐夫，那这只猪娃的价钱我该怎么给？这是人家挑了以后剩下的！"

男人说："你大姐讲啦，卖给别人二百二十元一只，卖给你们一百二十元一只。假如你们还有困难，你们看着给！"

三妹说："我没困难，我给你一百二十元。我很体谅我大姐，这年头喂只母猪不容易！姐夫，你喝，你吃！"

男人就喝，就吃。正吃得有滋有味时，在菜里发现了一团卫生纸。男人想吐，就把筷子放下了，觉得这顿饭还不如不吃。

三妹说："姐夫，你没吃饱吧？我知道我二姐家的饭食好，你是想返回中刘庄吃！"

男人想做出一种表示，给三妹一点儿颜色看看，可是他不会，只好起身走人。当天下午三妹就跑到了二姐家，一进院就看那只小猪娃，结果怎么看怎么也是这只个头大、身板好，怎么看怎么也是这只跑得活泼、跳得欢实，怎么看怎么也是这只吃食香甜痛快，怎么看怎么也是这只强过自己那只！

三妹想："不看不知道，一看明白了，怪不得那老汉送猪时先到中刘庄呢！"三妹想："我和大姐一个爹、一个娘，可是她的心长偏了，长歪了，她和二姐才是亲姐妹！"

三妹抱住二姐，亲了亲二姐的脸说："二姐，买这只猪娃你花了多少钱？"

二姐说："什么多少啊，我给了姐夫一百块钱，你呢？"

三妹沉吟一刻："二姐，这个我就不说了，说了怕你生气！"

二姐把眼一瞪："说！你敢不说！"

三妹说："大姐说我是咱们家的老小，特别照顾我，一分钱也不要我的，那只猪娃我是白喂！"

　　第二天二姐把那只猪娃退给了大姐。二姐冷冷地说:"老大,我不是你妹妹!"

　　第三天三妹把那只猪娃退给了大姐。三妹冷冷地说:"我有钱哪里买不了猪?我为什么非买你的?二姐已经把猪退给你了,我必须向她学习!"

哪儿都挺好

赵 新

人叫周老硬，其实他不硬。他不但不硬，还有点软，好像秋天里从树上掉下来的柿子，拿到手里就能吃，还挺甜，挺好吃。

那天阳光明媚，白云悠悠，在鸟语花香的阳春三月，周老硬用小拉车往家里拉土。周老硬才四十二岁，身板强壮，腿脚灵捷，干起活来很上瘾，拉起车来就像一头牛。可是拉着拉着出现了意外情况：他的车就要到家了，他眼前的路面上突然"长"出了两棵小柳树。那树是新栽的，新挖的坑，新浇的水，新填的土。

周老硬的车过不去了，要过去就得碾了那两棵带着新绿的小柳树。

周老硬想，这是哪个孩子和我开玩笑呢？把树栽在路中央，还让人怎么走？

周老硬想，这个孩子真调皮，真会耍，他家的大人也不管一管！

周老硬弯下腰去拔了那两棵手指头粗细的小柳树，拉起车来继续往前走。

这时候一个声音霹雳般地响了起来："站住！你为什么拔我的树？"

周老硬抬头一看，发火的人是他的邻居秦西。秦西满脸黑云，怒目圆睁，握紧了两只钢铁般的拳头，随时准备开打。

周老硬笑了："大哥，光天化日，你怎么把树栽到了这里？"

秦西说："你甭管！我想栽！"

周老硬还笑："可这里是大路，不是你家的地方！"

秦西说："这路从我家门口路过，就是我家的地方！你破坏植树造林，要么给我赔钱，要么给我把树栽好！"

周老硬一不愿意赔钱，二不愿意栽树，他觉得自己到处都有理："这条路已经走了几十年了，怎么今天就成了秦西一个人的？这不是讹诈？这不是霸道？如果乡亲们都跟着秦西学习，我的是我的，你的也是我的，那村里还不乱套？"结果他正想这些道理的时候，秦西就冲了过来，一膀子把他撞到路边，伸手就把他的车掀翻了！

中午时分周老硬来到村主任家里，希望他能出面调解，主持公道。村主任很和蔼地说："老硬兄弟，你别说了，事情我已经知道了，秦西已经来过了。秦西让你给他拉上十车土，这事就算圆满解决了。"

周老硬倒吸了一口冷气："主任，不对呀，我为什么给他拉土？"

村主任说："因为他要用土，因为他急着用土！"

周老硬说："他急着用让他自己拉呀。这事就没个理了吗？"

村主任说："兄弟，理是你有理，你满理，你百分之百的理，可是你碰到秦西这样不讲理的人了，你惹得起他吗？我惹得起他吗？他什么事情都做得出来，明着也敢做，暗着也敢做……"

周老硬说："你怕他？"

村主任说："我不是怕他，我是为了你好、我好、大家都好！兄弟，你就给他拉十车土吧，算我这当主任的求你了！"

想想秦西的为人，想想自己的孩子老婆，想想自己的鸡鸭猪狗，想想村主任的话，周老硬给秦西拉了十车土，那条路通了，秦西把那两棵小柳树扔了，把坑填了。为此村主任还请周老硬和秦西吃了顿饭，向他们两个敬了酒，还表扬他俩都是高姿态、高风格。

周老硬觉得很憋屈，一气之下到了省城，在一家建筑工地给老板打工。

周老硬的具体任务是拉水泥。他先把水泥从汽车上卸下来，然后用小拉车拉到正在施工的楼房前。没有了秦西的横蛮,没有了村主任的偏袒,周老硬不怕苦不怕累,那股拼劲和一往无前的精神,很受工友们的赏识和称赞。

忽然有一天晚上,工地上的领班招呼周老硬说:兄弟,麻烦你了,你去给哥哥打盆洗脚水来,哥哥谢谢你——谁叫咱俩有缘分,住在一个工棚里呢?

周老硬很痛快地把水端来,放到了领班跟前。

领班把两只脚一伸:"兄弟,我今天干活累了,劳驾你给把脚洗洗,谢谢!"

周老硬蹲下身去,很认真很仔细地给领班洗了脚。

领班说:"兄弟,对不起,你再去把洗脚水倒掉!"

周老硬给领班倒掉洗脚水,领班冲他伸了伸大拇指,又冲他笑了笑。让周老硬没有想到的是,以后的每天晚上,领班都要喊他给他洗脚,就是睡了觉也得被领班拽起来,就是身体不舒服也得硬撑着做完这门功课。有一次周老硬问那个领班:"哥,工棚里这么多人,你为什么非让我给你洗脚?"领班说:"因为你老实,因为你负责,因为你洗脚洗得好!"周老硬说:"哥,你是工头,以后大家轮流着给你洗脚吧,别光靠我一个人;我要不在,你就不洗脚了吗?"领班勃然大怒,端起那盆洗脚水,兜头向周老硬泼来:"你小子炸刺儿是不是?老子今天就开除了你,你算你娘的什么?"还跳起身来扇了周老硬一掌,打得周老硬两眼冒火!

更严重的问题是,这事竟然没人管,打就打了,骂就骂了,领班还是领班,领班照样威风八面,光彩照耀!

想来想去,周老硬背起行李回到村里。那天晚上他和媳妇悄悄地说:"城市里也有秦西,也有村委会主任,咱们惹不了……"他和媳妇说这话的时候,外面突然有了响动,他出门一看,有两只羊在啃他院子里的小树。

他愤怒地大喊一声,并朝那两只羊扔了土坷垃,那羊撒腿就跑了,不叫不闹,月辉里头也不回!周老硬胜利了,他感到很激动,很兴奋,脸上挂满了微笑!

第二天周老硬给人放羊去了。一个月后他给媳妇捎回信来,说他很幸福,很骄傲,那羊很听话,他又舒畅又开心,吃得香睡得着,哪儿都挺好!

康熙字典

梁晓声

集市，即便在小镇，也还是热闹的。

少年面前的地上铺一张白纸，特白，闪着好纸的光芒。那是旧挂历的一页，是少年在集市上花一角钱买的——他自然舍不得花一角钱买，但馄饨铺的老板娘无论如何不肯白给他。

少年早上没吃饭就出了家门，走了二十几里才来到镇上。每逢集日，有私家小面包车往返于村镇之间，搭车却需花钱，两元。他是绝对舍不得就那么花掉两元钱的。

"都是去年的挂历了，你就扯一张给我，也不是什么损失。"

少年当时正在那铺子里吃馄饨，他锲而不舍地请求。

老板娘不为所动，一边忙一边说："不是什么损失？损失大了！你看那明星，结婚了，息影了。息影，知道怎么回事吗？就是再也看不到她演的影视剧了！一册挂历上全是她一个人，有收藏价值的。扯一张给你，不完整了。不完整了还有屁价值！"

少年一心想要那么大的一页纸，无奈，只得以一角钱买了一页。老板娘从挂历上扯下那一页时，表现出十分不情愿的样子，仿佛真吃了极大的亏。

现在午后三点多了，集市的热闹像戏剧的高潮过去一般退去了。少年仍蹲在那页白纸旁。白纸正中，摆着一部纸页破损的、颜色像陈年谷子似的字典。1949年后,全中国再没有任何一家出版社出版过那种字典。它已没了原先的封皮,后贴上去的封皮上写着"康熙字典"。笔迹工整又拘束,是少年写上去的。这少年虽是农家孩子,竟凭着刻苦学习的一股韧劲考上了县重点中学。

在他的左边,是卖肉的摊位,从上午到此刻,买肉的人络绎不绝,卖肉的汉子忙得不亦乐乎。右边,是卖油饼的,生意也不错。农村人一年四季自家是炸不了几次油饼的,跟着大人们赶集的小孩子,十之八九要央求大人给买了吃。城乡差别,至今仍明明白白地体现在生活的细微处。而且,越是体现在细微处,越使农村的少男少女们做梦都想成为城里人。

这少年也有那样的梦。

真的梦是无逻辑的,人生的梦却须循着某种规律。

少年已经考上了县里的重点高中,到九月份,就是高中生了。那是他实现自己人生之梦的关键一步。他面临两种选择——要么住校,而那是他的家庭负担不起的;要么,买一辆自行车,哪怕是旧的,他便可以骑着自行车上高中了,尽管这样有些辛苦,却总归能圆梦。他在镇里一家旧货店相中一辆状况还算好的、半新半旧的自行车,是本省造的名牌,才卖八十元……

然而要拥有那辆自行车,他得先卖掉这部《康熙字典》。他父亲病故了,母亲已去南方打工,在某宾馆干最脏最累的活,一年挣不了几个钱。农村的家里,就这少年和奶奶朝夕相伴了。奶奶是绝对没钱给他买自行车的。写信向妈妈要吧,他清楚妈妈挣点儿钱是多么辛苦,不忍。并且他也清楚,妈妈正省吃俭用地攒钱,以备他将来考上大学的花费。

"孙子呀,明天是大集,你去把这个卖了吧,兴许碰上喜欢的,能卖几十元钱……"

头天晚上,奶奶从箱子底翻出了《康熙字典》。于是,今天他蹲在卖肉摊和炸油条摊之间了。两个摊位相隔不过二尺左右,他是硬挤在那儿的。蹲在那儿的他、那页旧挂历纸以及纸上的《康熙字典》,太不显眼了,一直也没人在他面前蹲下。是的,他的腿都蹲麻了,他越来越没有耐心,也越来越失去信心……

集市渐渐冷清，卖肉的和炸油条的，在他的巴望之下先后离去了。他和那页旧挂历纸的存在，终于算是比较显眼了。炸油条的摊位那儿，留下了几块烧过的炭，他捡起一块，在纸上写出一个大大的"卖"字。那是自打他上学以来写的最大的字。

终于，有一个男人在他面前蹲下了。

天已傍晚。

"哪儿来的？"

"爸爸辈传的。"

"有点儿意思。"

"字典有什么意思不意思的，是有收藏价值！"

"多少钱卖？"

"六十。"

"三十！"

"六十，不还价，少一分免谈！"

少年一心想着那辆旧自行车，像他那些早恋的男同学，心里只装得下某个女生，为了对她表示忠诚，绝不肯做她不高兴的事。他早已靠卖废品存下了二十元，字典卖的钱少了就买不成那辆自行车了。

又有四个人围住了少年。其中一人三十六七岁，隔街走过来时，左腿一瘸一拐的。他对字典的兴趣挺大，拿在手中翻看良久。少年将希望寄托在他身上，因为他看上去是四个人中较有文化的一个。

不料偏偏他说："这字典其实没什么收藏价值，不过是1949年以前商务印书馆出版的学生字典而已，至今民间仍多得是。而且，显然做了手脚，把最后一页撕掉了，最后一页肯定印着出版年份什么的……"

"没做手脚！"

少年愤怒了。他确实撕掉了最后一页，但不是为了骗人，而是由于最后一页太破了……

少年的辩解已经无济于事。他用半页挂历纸包起字典离开小镇时，天已黑下来。

"那孩子，请过来，帮帮我！"

半路，有个人坐在路边向他求助。他听出是那个坏了他事的男人的声音。他看都不看一眼，昂着头，故意放慢脚步从那人身旁走过去。

"孩子，我坐在这儿多危险啊……"

少年尽管恨他，但还是站住了。接着，转身走向了那人。原来那人的左腿有半截是假肢。他因为躲一辆卡车而摔倒，假肢的关节处摔坏了，站都站不起来。他的处境无疑很危险，路那么窄，两车交错时，不被轧到才怪呢！

他是县重点中学的一位老师，教数学。开学后，任班主任的他手持名册点名时，意外地看到那卖《康熙字典》的少年应声站起，他顿时愕然……

下课后，老师将他引到无人处，说："那天我是要回农村父母家。谢谢你帮我！"

学生说："不用谢，我应该的。"

"字典卖掉了吗？"

学生摇头。

"我收回我的话，因为老师说得不对，那本字典其实很有收藏价值……"

学生的目光望向别处，不言语。

"卖给我吧，我出两百元。"

"我不能和老师做交易！"

学生说罢，转身跑了。

过了几天，老师旧话重提，学生还是说不能和老师做交易。

"老师跟你说过几次了，你都不给老师一点儿面子吗？你本来就是想卖的，不是吗？有收藏价值的东西应该由知道它价值的人来收藏，对不对？"

最后一次，老师有些生气了。

于是，老师得到了《康熙字典》，学生得到了一辆自行车，新的。

三年弹指一挥间，那一届高中生毕业了，那个学生考上了上海交大。而那一个班的学生,毕业前送给老师一个纪念瓶,内装四十八名学生写的字条,每一张字条上都写着学生对老师的祝福。

那位老师,每当心情不佳时,就会从瓶中取出一张纸条展开来看。看过,心情往往会好点儿。

有一天,他又从瓶中取出一张纸条,只见上面写的是:"老师,我明白您为什么非要买我那本《康熙字典》,也明白了某些东西的真正价值是什么。"

那位老师眼睛就湿润了。

一个玩笑

黄建国

夏天的一个午后,张一找到王二说:"生活真无聊。"那时,王二刚从厨房出来,在短裤上蹭着湿漉漉的双手,打了个哈欠说:"无聊。每顿饭后都得我刷锅洗碗。"他摊开手给张一看。张一说:"都一样。只不过是我每顿做饭。"他则把他指缝里没剥净的面给王二看。

王二说:"从今天开始我不下棋了,要睡午觉。"

张一说:"我不是来下棋的。"

王二说:"那什么事?"

"咱们制造点事,开一个玩笑。"

"咱俩?"

"其实是开众人的玩笑。"

"我不懂。"王二说。

"咱们吵一架。"张一说。

"吵架?"王二说,"没意思。又不是五十岁的老婆娘,吵什么吵?"

"有意思,绝对有意思。"张一很有把握地说,"咱们引个头,让起码半栋楼的人都吵起来。"

王二不感兴趣,伸了伸腰杆说:"可我实在想睡一觉。"

"对,"张一看着王二说,"这就是咱们这个玩笑的先决条件。如果是傍晚那就没什么意思了，人们可以丢开电视机，会像看猴子一样看咱们吵。但现在是夏天的午后，谁都昏昏欲睡的，情况就完全不一样了。"

王二说："打扰别人午休，未免太损了。"

"你可以这么认为。"张一说，"我注意过生活中的许多事情，随着事件的演进，最后都南辕北辙地偏离了主题。人们很认真地做着，却并不明白自己在做什么。而且，结果常常出乎人们的意料。咱们马上可以得到验证。"

王二终于被张一的高论说动，答应了张一。张一临出门时叮咛说："老弟，你可要跟真的一样啊。"王二点头。张一趿拉着鞋，吧嗒吧嗒上了他家的三楼。

不一会儿，张一站到自家的阳台上，手提水桶往下滴水。他看准王二新买的自行车，朝下边浇。刷刷——刷刷——

王二已经出屋站在楼下的空地上。王二说："喂，三楼的，你没看见水滴在自行车上了吗？"

张一起初想笑，但硬憋住了。他用极严肃的语调回敬说："喂，那你没看见阳台上一直在浇水吗？"

王二说："我自行车先放在底下的。"

张一说："我不管你先放不先放，我是在自己阳台上浇水。"

王二脑袋"嗡"的一下，他觉得他真的冒火了。他心疼他的新车子。他忍不住放粗嗓门说："你浇水得长上眼窝！"

张一轻轻"嘿"了一声，也提高调子说："你瞎了眼窝才看不见上边淌水不淌水！"

"你嘴放干净些！"

"你从来就没刷过嘴！"

张一的老婆和王二的老婆并不知情，两家关系本来处得不错，可她们看见各自的男人吵得那么上劲，也就不假思索地参加上了。于是，一个向上指，一个往下戳，挥胳膊吐唾沫，把过去两家交往中的许多鸡毛蒜皮的事情也抖搂出来了。

盛夏午后的空气很燥热，天空中连一只鸟也没有。楼里的居民们都处在一种昏睡状态之中。夹在中间二楼的李三那时正要入睡，突然被这吵声打搅，睡意全消，心中便十分恼火，爬起来，冲外头喊道："吵什么吵什么？有精神到马路上吵去！到野地里吵去！"

住在同一楼的赵四，本已讨厌张一王二吵架，但并不打算发话制止，他想他们吵一吵，吵得没意思了自然就不吵了，可这李三偏偏多事，插进来胡嚷乱喊什么？赵四不禁来了气，下床趿上鞋，站在阳台上说："都别吵了！讲一点公德好不好？大家都在睡午觉！"

孙五住得离张一王二远一些，他本来能闹中取静，吵声并不影响他睡觉。可赵四跟他毗邻，声音又猛，着实吓了他一跳，使他不能不上气。孙五就开了阳台纱门，粗喉咙大嗓门说："你们都闭了嘴！有什么可吵的！"

赵四听出这话明显是冲着他的，扭脸说："怪了！你跟我吵什么你？"

对面楼上的钱六被众多吵声弄得心烦意乱，从床上探头窗外说："你们怎么搞得没有一点修养？你们不睡别人还想睡！"

杨七和钱六隔壁，杨七这阵子正跟老婆怄气，由不得不迁怒，敲打着窗户说："还有完没完？没完没了，是不是要吵死才罢休！"

黄八早就不耐烦了，用手撮成喇叭形，贴在嘴边说："好了好了！从现在起别吵了！"

马九立即接茬说："那你还在嚷什么？"

张一王二和他们的老婆早已进屋上床，他们听着别人津津有味、认认真真地争吵的时候，他们自己也并不心平气和，他们甚至为吵架感到肚子里很胀气。而且，他们忽略了一种声音。其实那声音很凄惨尖厉的，但是，他们却忽略了。

王二躺在床上，正愤然地思索着张一说过的话，突然听见敲门声。门外站着刘十。刘十双拳紧握，怒目圆睁。刘十说："都是他妈的你！吵是从你这里开的头。害得我老婆奔阳台去看，摔了一跤，小产了。你！"

"开什么玩笑？"王二说。

"谁跟你开玩笑?"刘十说,抡圆了粗长的胳膊朝王二的鼻梁砸去。刘十是个体育爱好者,下拳极狠,当下打歪了王二的鼻梁骨。

王二敲张一的门。王二一手捂着歪鼻,对张一说:"你!"

张一说:"你开什么玩笑?"

"谁跟你开玩笑?"王二说,另一只手击出一拳,打在张一的左眼上。

他们确实都没有开玩笑。

蝴蝶庄之秤

司玉笙

　　春节刚过,上面派我去王寨乡最偏远的蝴蝶庄当村主任助理。

　　宣布任命的第二天,庄里的一辆面包车顺路来接我。开车的名叫棍棍儿,眼睛小而细,就像是睁不开,似是眉骨太重压迫的。面包车破得也不像样儿,一个大灯被碰出窝儿,在前脸提溜着。车一动,那灯就哧啦哧啦响。蝴蝶庄位于黄河故道腹地,被称为王寨乡的"下野地"。到了村委会,也就是当地俗语说的村室,一看,村组干部都等着哩。村支书兼村主任老姬迎上前来,握着我的手猛摇。

　　"热烈欢迎,热烈欢迎!"

　　我不好意思地说:"我又不是啥大人物,咋弄这?"

　　"兄弟,你是第一个到咱蝴蝶庄当村官的大学生。比大人物还大人物!"

　　他握罢,后面的又接上来握,不一会儿我的手就生疼。

　　进村室落座,老姬先介绍了蝴蝶庄的基本情况。其实,我对蝴蝶庄并不陌生,在乡里因与老姬经常打交道,也是熟人了。知道这人是当兵出身,一身硬功夫,且极有个性。

　　他介绍完之后,忽然对我说:"咱庄有个不成文的规矩,是干部的,仨月就要过一次磅,就是称称体重,假如说你的体重超过以前,就说明你这人多吃多占了,要小心呢!"

他这一说，其余人都抬起头往我身上看，看着看着屁股就离开了座椅。

"司助理，上磅吧！"老姬向东间喊，"棍棍儿，把那本子拿来！"

棍棍儿手持一个小本本一蹦出来了，好像等这一声等了许久。跑到门后，把磅秤往这边推推，一呲牙翘出一个微笑。

我瞅瞅他们，他们也瞅瞅我。老姬说："这有啥害羞的，咱男人身上的疙瘩蒲棒都是一样的，谁不知道谁？俺几个上磅都是脱得光溜的——脱吧，不想脱光留个裤头也中！"

在他们的注视下，我将衣服一件件脱下，其中内衣内裤是棍棍儿搭了两把手帮我扒拉下来的。

赤裸裸地站在磅秤上，脚底板子透凉，仅有的那点隐私也叫他们看得一清二楚。我下意识地抱起膀子蹲下，想遮住些什么，可这是多余的——周围都是一双双腿，栅栏似的围得让人宽心。

大概就几秒钟的光景，听得磅秤上金属与金属相吻的声音，老姬就问："多少斤？"

"六十八公斤半……"

"换成市斤就是……一百三十七斤——记下，记下！"

过了这第一次磅，我把蝴蝶庄当成了自己的家，整天忙着为庄里办事。村民欢喜，隔三岔五地给我送些自制的酱菜和地里的鲜物。夜深人静时，我不由得站上磅秤过过体重。一看分量未增，就小声地对磅秤说声谢谢。

那天，村室里就我和老姬俩儿，他忽然问我到蝴蝶庄多少天了。我说我也没记，反正日子过得挺快的。他诡谲地笑笑，往磅秤上一站，咋呼道："过来，过来，看你哥我的膘见长没？"

我一过去，他自己就喊出来了："吆，我瘦了，瘦了，掉了三斤肉——上来，上来，看看你的！"

我站到磅秤上，老姬歪头拨着秤，一看停当了，报出个数字。

"哟，毛重才一百三十五斤——兄弟，你也瘦了！"

"没想到在咱庄还能减肥哩！"我调侃道。

"很正常,很正常——你瞅瞅,蝴蝶庄的人很少有人发胖——谁想减肥,就到咱庄待上两年,看他掉膘不?"

"是的,是的,有你在蝴蝶庄,谁也不会胖。"

"你这话说得中听。"

磅秤被他拍得吱呀作响,好像棍棍儿的破面包车开进来了。

"这秤有些年数了。"

"可不,打我从部队回来,它就在生产队了。实行责任田时,啥都分了,就是这磅秤没动。我当了这村官,就将它放在眼皮子底下,看到它,心里就说,你可不能多吃多占长横膘,不知轻重瞎胡来。"

他说这话时,手的动作变为抚摸。磅秤不再响了,静默得像一尊经历沧桑岁月的雕像。

老姬抚摸着这尊雕像,眼神里透出一种秋水般的凝重。

"你好啊,老伙计,这些年来,就剩下你自个儿了……"

他喃喃自语,双手捋着磅柱慢慢蹲下去,头就抵住了磅柱。他蹲下,我也不知不觉地屈下了身子,磅秤就高出了我俩。

隔着这根磅柱,老姬与我面对面,呼出的气息带有淡淡的烟味。他好像不知道我的存在,将粘在一个铁轱辘上的纸屑抠掉,又晃晃另一个。胳膊再一上举,我们俩的手就叠合在一起。

"兄弟,人就像一杆秤,谁轻谁重心自知!"

我无言,只是握着他的手,越握越紧。

红 哥

司玉笙

红哥原名叫纪良鼋,上中学时就写得一手好字,草篆隶楷样样行,经常写黑板报、出简报什么的。连老师都说,这孩子是块好料,有出息哩!

他参加了两次高考,都未上榜,于是横下心不再考了。老师心疼地问:"你考不上大学,往后人生的路咋走?"

"不愁——有本事走遍天下!"

听说他能写能画,他的一个在外乡当书记的亲戚邀他去当通讯员。通讯员就是向新闻单位和上级单位投稿和报材料的那类角色。

"是正式的不?"

"正式的难弄——只要你干得好,转正不成问题。"

他就去了。乡里专门给他一间小屋,笔墨纸砚样样备齐,时不时地还有酒喝。有了酒,他的灵感就来了,新闻稿和上报材料写得顶呱呱——多半是掺了水的。

那时候给报社投稿都是笔写。第一次给市报投稿,正文用的是楷体,署名时为了显示自己的草书功底,一笔连下,字形龙飞凤舞,极飘逸。

不几天,稿子见报了,有人讪讪地问他:"良鼋,你啥时改名叫红蝇了,也不说一声?"

他愤愤地说:"我咋会把自己的名字改了,那是编辑给改的——编辑也是个白皮,也不打电话问问就给改了——再改也不能叫这名儿,叫红牛红羊的也比这强。"

有了这一说,他跑到报社见了那编辑,自我介绍道:"我叫纪良鼋,报纸上登出的咋是红蝇?"

"你那名字写得太好了,几个人咋看咋像红蝇,就这样定了。"

"你这样一定,乡里人都说我玩洋的,连自己姓啥叫啥都不知道了。"

"这无关紧要,那不就是一个符号吗?纪良鼋也罢,红蝇也罢,反正报纸上已登出来了。大家都觉得你这笔名不孬,易记,上口,极有个性——这会儿兴喝红酒、收红包,你就不能叫红蝇么?——这不比黑蝇、苍蝇、牛蝇好么?"

于是,红蝇这名号在这一片打响了。打官司的、上访的,还有那想出名的都找他,他几乎每天断不了酒喝。有那套近乎的,都亲切地喊他红哥。

他在这边吃香的喝辣的,家里的爹娘可心焦了,天天不忘托人给他说媳妇。说了几个,他都不见。

回到家娘就捣鼓他:"小儿,你看看你同学二赖,比你还小一岁哩,孩子都满地跑了。"

"他有他的活法,我有我的思路。"

"你再有思路,是男人总得娶媳妇吧。"

"大丈夫志在四方,何患无妻!"

"小儿,你还大丈夫哩,跟前连个做饭洗衣裳的都没有,夜里钻个凉被窝,耳朵眼儿里不着女人气,放你八百里你能丈哪儿去?"

"娘,你又不是不知道你儿的想法。"

"俺咋不知道?你梦里说不弄上副处级坚决不结婚。小儿,俺也不知道副处级是多大的官儿,俺就知道你是俺儿,安居乐业一辈子不比那啥的级强么?"

为了实现他的目标,趁着酒后胆壮,他三番五次地找书记。书记都是神情严肃但很无奈地说:"放心吧,有一个编制也是你的——不过你得过公务员考试那一关。"

不料,这个当书记的亲戚刚过了年就调走了,到县城某个委任副职。他携着礼到县城找到那位亲戚,见了面劈头就问:"三表叔,你拔腿走了,把我扔那儿咋办?"

三表叔说:"我也是光想把你的事弄成,可咱这小萝卜头官儿也是身不由己,谁想拔就拔,安你哪儿就是哪儿。和我不一样,你这一身本事,搁哪儿谁也不会轻看你。"

"说是这样说,有你在我还有希望,你走了,我就是断线的风筝、无脚的王八,飞不能飞,爬不能爬。"

三表叔恼了,厉声道:"你这孩子咋这样说话?你以为无脚的王八就不会飞上天么?你以为弄上个公务员什么的,你就高贵了么?屁!你就是你,你就是你爹娘的孩子我的侄儿——你娘说得对,说得好,别看她没有文化,不会写不会画,可她的心是一百个一千个所谓的文化人都抵不上的!"

"三表叔,我知道了。"

三表叔说:"你今儿个哪都不能去,好好陪我喝几杯!"

"我昨儿个刚喝醉,还没有翻醒过来。"

"你能在乡里醉,就不能在这儿醉一回么?你表叔我也想醉一回!"

两人喝醉后,一个像小孩子似的捂住脸呜呜地哭,一个高一声低一声地喊娘。

几个月后,那个乡政府大院没了他的身影,而市里却多了一个书画店,店名就叫红哥书画店。

店里忙碌的不是红哥一个人。

孝心

司玉笙

第一次有了这辆公车,他就想回老家看看父母。

老家离县城不远,是黄河故道上的一个小村庄,几十户人家。父母大半辈子就在这故道上种粮扒食、栽藕捞鱼,整天价一身尘土两腿泥。上学时他就想,往后有了条件,一定将二老接到身边,让老人家好好享享清福——父母养育之恩,当儿女的一生一世也报不完哪!

后来他考上了大学,毕业后在县政府谋到一份不错的工作,不几年就当上了科级干部,结婚生子,还有了一套面积不小的房子。搬进新居,他就想把大和娘接来一起住——将父亲喊"大"是这一带乡下延续了千年的称谓。

大和娘来了。进了屋,四只眼都瞪得老大,坐不敢坐,脚不知道往哪儿放。爱人热情地邀老人把几个房间都看了一遍。

娘惊叹道:"乖乖儿,这不是到天堂了么?"

爱人说:"比你儿强的太多了——我们才只有这一套房子!"

大听了,直咳嗽,像是被啥呛住了,唇上的乱胡孛巴着。用手一抹,咳嗽算是止住了,胡子还是颤动。

他知道大的脾气,就岔开话头,说:"您二老就住下吧,房间也早收拾好了,想吃啥给您弄啥,中不?"

"不中,不中,你娘和俺离不开家。"

"这不就是家么?"

"这不是家,是馆堂,俺这身子咋也不能落这儿。"

爱人说:"听老的,听老的。"

就这样,父母来了,看看就走,从不在城里过夜。

就在昨天,他被补选为科技副县长,当天就给他配了这辆车。车虽然旧,可车况不孬,适于下乡。于是,他第一个想到的就是回老家看看。

车行不到半个小时就到庄里了。一进这熟悉的农家院,他只见老爹摆弄着一根羊绳,却不见娘,就问:"大,我妈哩?"

大额上的筋绷紧了,说:"啥时喊起妈来了,俺只知道你有个娘。"

"喊啥不一样?"

大说:"你也喊俺爸吧——烧死你啦!"

"大,我不是那个意思。"

大看看他,问:"你是咋回来的?"

他指指院外的小车,抑制不住内心的激动,说:"坐它回来的!"

大说:"小儿,俺也想坐坐车——多大时候没坐过了。"

"大,上车!"

"俺不坐它——坐不惯。俺坐惯了土车子,这洋玩意儿硌腚。"

"还是这车舒坦。"

"小儿,身子是舒坦了,心里可生赖了……"

"那你想坐啥车?"

大朝院子的一角努努嘴:"喏!"

那里放着一辆老式手推车,旁边还有一只羊。看到这辆车板都开了缝的旧物,他就想起了上大学前的那些日日夜夜——就是靠这辆车,父母风里来雨里去,顶起了家里的一片天。

视线里,父亲苍老的背影和那些岁月留下的画面紧紧地叠合在一起:大不止一次坐过这车,他也不止一次用这车拉过大!

"走呗!"听大一声唤,他便不由得应了一声,"好嘞!"

车把已掉转过来,那只羊也被拴在车后。

"大,咱上哪儿去?"

"找你娘去。"

"俺娘在哪儿?"

"在东地摘豆角儿。"

他两手抓起车把,看大坐牢稳了,弓背拉车往外走。刚出院子,司机见状慌得赶紧开门下车,一溜小跑过来。

"大爷,你咋能叫县长拉车?"

"他不是县长,是俺儿!"

"我来,我来!"司机要夺车把。

"你上车里坐着去,我和俺大拉拉呱儿。"

司机摇摇头,翻翻眼皮站定了。

出了庄,田野吹来的风好爽。车后的羊不住地咩咩叫。越走,他的步子越轻快。庄里人见了,热情地与这爷儿俩打招呼。打罢招呼,扭脸笑去了。

大说:"小儿,只要你回家,见人该喊啥喊啥,可别装大——骡子马大了值钱,人大了不值钱——你就是当了市里、省里的官儿,可别忘了你是从这庄里走出去的,你可别忘了你是谁!"

他说:"大,我知道了。"接着又说,"大,我想和你商量个事儿。"

"小儿,啥事?"

"我想这车该换了,换一辆电动三轮也好。"

大说:"想着哩,是该换了——这事你不用操心,有俺和你娘哩……"

他停下脚步,回头看看大,眼里亮晶晶地闪着什么。

"咋不走了?"

他强压泪水,声音哽咽地说:"大,我这当儿的都不知道该怎么孝敬您您才舒心。"

"小儿,百姓是父母,你把百姓的事办好,就是对大和娘的最大孝敬!"

"大,儿记住了!"

山药蛋

陈 敏

在那个至今还没通车的山寨,母校老宅如辉煌的落日,停留在那个夏末的温暖里。那一年,被唤作山药蛋的十九岁的苏乐在二顺叔的叮咛中步步回头地离开了故乡。村里人除了二顺娘外,全部走出家门,为这个唯一考取省城的学子——苏乐送行。

那个早上,阳光渗透着山野的气息。苏乐被一大群人簇拥着,离开了家门。在寨口的古老皂角树下,苏乐站立良久,向那个由一座小庙改造成的校舍看了最后一眼,然后一步跨过了乡界。

昨晚,二顺叔的吩咐犹在耳边:"山药蛋,去省城好好读书,这些学费是大伙凑的。只要你毕业后回来,和我一起把这个学校撑住,这些钱,全免了;要是不回来了,那就得一分不少地还上啊!"

苏乐频频点头。二顺叔慈眉善目的脸连同他的吩咐一起紧锁在苏乐的记忆里,苏乐觉得他已经把那把钥匙交给了二顺叔。

苏乐一步步走出山寨,走出只有几百户人家的镇子。

以后的记忆和这之后的任何期待都是城里人。苏乐的影子可能是乡下人,而身体却已经是城里人。白天,他把自己的眼睛放在校园,透过校园的一草一木来注视这个无比美丽的城市。而到了晚上,他才能将自己的头脑放回到最偏僻的故乡,思考山嘴子下面那个破旧不堪的校舍。

他把山里人对待生活的坚韧用在功课上，很快就取得了不错的成绩。他获得的省级奖学金付他的学费已绰绰有余。苏乐开始将冲动转化为行动，这不仅是因为自己知识和才能的提高，而是城市里有太多的东西让他无法释怀，他不得不和它在一起。

苏乐开始勤工俭学，利用一切机遇赚钱。他给图书馆搬运和整理书籍，做家教，去饭馆打小工。几个假期下来，他攒足了一笔资金，预备着把这笔钱带回去，还清乡亲父老的债，然后心安理得地离开那个闭塞的山寨。

在一个寻常日子里，苏乐悄悄潜回镇子。

二顺叔正在做晚饭。厨房里散发着熟土豆的香味。苏乐的突然回来让二顺叔又惊又喜，他舀来一碗热气腾腾的土豆，说："刚熟的山药蛋，香着呢，快趁热吃了。"

山里人把土豆叫山药蛋，许多因缺乏营养，没有长高的孩子都可能得到一个"山药蛋"的命名。苏乐长得又黑又小，像土豆。

被山药蛋喂养大的苏乐此时觉得山药蛋在嘴里直捣乱，把他想说出的话一次次抵进肚子。

苏乐几乎是红着脸，从包里取出那沓厚厚的款子。他看着二顺叔的脸，然后又低下了头，等待他接住话茬。二顺叔说："孩子，我知道你有能力还账，但有一个人的账你是还不上了。你二顺娘，她走了，在你上学的第三天离开人世的。你的那笔学费其实是你黑娃哥的抵命钱，我原本打算用它给你二顺娘看病的，可你二顺娘死也不肯用，她说你从小就没爹没娘，是个苦命的孩子，坚决要把钱拿出来供你上学。"

苏乐的心顿时像被钢针刺了一下，疼得揪心。

他恨自己的粗心、贪婪。那时他只顾自己如何考取大学，将所有的资助和奖金视为理所当然。他知道二顺叔唯一的儿子黑娃在金矿上替人背矿，被哑炮轰死了，矿主赔了八千元。他还知道二顺娘知道自己患了难治的病时，拒绝治疗，抱着桌子腿，死也不去医院，而他仅仅看过她一次。

苏乐丢下钱，几乎像逃跑一样离开了二顺叔，离开了寨子。

二顺叔气愤得直跺脚："这个没心没肺的混蛋,我还没来得及告诉你校舍已经搬迁了,搬到通车的地方了,你就像火箭一样飞了……"二顺叔被苏乐气出了一头白发。他的背突然佝偻起来,让人明白保持年轻不是件容易的事,而衰老几乎是一瞬间的工夫。

二顺叔感到越来越力不从心。他几十年前所受的那点师范教育和他的年龄一样该退休了。他已经摸清了下学期学生的数量,留守孩子共计四十六个。他得想办法去寨子外请求教师援助。

那晚,二顺叔在灯下给山药蛋褪泥,他在心情不好的时候,总喜欢抚弄那些刚刚出土的山药蛋,仿佛能从中摸出一丝希望来。

一阵敲门声传来。

是苏乐!苏乐回来了!他身后跟着俩人,一个女子,一个男子。苏乐只说了句"他们是来支教的",就一把搂住了老叔的脖子。二顺叔用泥巴巴的手抚摸着苏乐的头:"我的山药蛋终于回来了!"又转回头,说,"快,快进屋孩子,我给你们蒸山药蛋吃。"

盲 刘

邓洪卫

盲人姓刘，人称盲刘。

盲刘本来两只眼都是好的，一只眼因为病毒感染，失去光明；另一只眼，跟弟弟"搞嘴"（浮县人称两小孩打架叫"搞嘴"），被误伤，也坏了。

眼睛坏了，心却很灵。盲刘有见识，有计谋，有主张。

盲人也要吃饭啊，盲人最好的营生是算命。

这里有说法：盲人算命才灵。盲人因为眼睛失去作用，心灵感应能力特别强。有的人为了混口饭吃，装瞎。有经验的人来算命，先要试试这"仙儿"到底是不是真瞎。

当然，也有睁着眼算的，但不如"盲算"准。

盲刘娶了老婆。也是盲人，名字叫果，人称盲果。

盲果的生活能力不如盲刘，不会洗衣不会做饭，优点是长相秀丽。这个优点对盲刘来说等于零。再美的花瓶，盲刘也无缘欣赏。

盲刘算命时，盲果在旁边看着解闷（其实是看不着的，听听而已）。来算命的客人看着这一对生活在黑暗世界的人，不由得从心底叹息：唉，痴人有痴福。

不知是叹盲刘，还是盲果。

盲刘很辛苦，接待完客人，还要抽空洗衣做饭。衣服洗得干干净净，饭做得喷喷香。穿着自己洗的干净衣服，吃着自己做的可口饭菜，盲刘想到快

乐、充实。

他们有了儿子。儿子上了学,成绩非常好,初中毕业后,竟然考上了城里的中学。

亲戚朋友们都劝,就在镇里的中学念吧。到城里念,不方便,也犯不着。

盲果也说:"咱们两眼一抹黑,他能念到这程度,也算对得起他了。干脆让他回家,自己做点事吧。"

盲刘不听,硬是让儿子上了城里的高中。

盲果说:"那就让他住校吧。"

盲刘说:"不行,我也要像别人一样,在学校旁边租房子住,伴读。"

盲果说:"咱们怎么能跟别人一样呢?"

盲刘说:"怎么不一样?"

盲刘就带着盲果和儿子来到城里。

盲刘的名声大,每天都有人找他算命。即便到了城里,还是有很多人找上门来。盲刘定下规矩,每天上午八点到十点、下午三点到五点营业,其余时间一律谢客。

盲刘要抽出时间侍候儿子。他早晨六点准时起床,给儿子做饭。八点钟营业,十点钟歇业做午饭。吃完饭午休,再营业,再做饭。他做饭手很熟,东西放在哪好像看到一样,拿放很准,一点也不像个盲人。他不用去菜场买菜,约好菜贩直接给他送过来。盲刘做饭的时候,盲果在旁边待着,有时会唱歌。对了,盲果除了长相秀丽外,歌唱得也很好听。歌词并不固定,想到哪儿唱到哪儿,很随意。

儿子终于上了北京的大学,盲刘也算功德圆满。有人劝他回去,盲刘不答应。他还要待在城里。他说:"人往高处走,水往低处流。我既然来到城里,哪有再回去的道理? 不仅不走,还想再生一个娃儿,并且,算准要生个女娃。现在不少有本事的人都在找指标生二胎。他们能,我为啥不能?"

盲刘和盲果开始了造人运动。果然,如愿添了个闺女。

盲刘喜得不得了。

老家镇上的弟弟来找他,说:"老屋要拆迁,要跟开发商谈判,有些账他算不过来,怕被黑心的开发商蒙骗,请哥哥回去算一算,主持大计。"

弟弟虽然眼睛清,心却浊,啥也拿不出主意,大事小事还要问这个瞎哥哥。

盲刘就回到镇上。

他出马果然好使,该得的权利一样不少,还加了许多额外条件,开发商居然全应允下来。

一切谈妥,天已晚。弟弟要留他住一宿,盲刘却不答应,盲刘惦记盲果和女儿。

弟弟要送他,盲刘不让,说自己可以摸回去。

"起码得送上车吧。"弟弟说。

盲刘还是不让。

"你们不要把我当瞎子。"他恼怒地说。

弟弟就不好劝了。

盲刘就单身到镇公路边等过路车。过路车很多,却没有车为他停下。

终于有一辆车奔他过来了,仍然没停,却直接撞上了他。撞完了也没停,一溜烟飞驰而去。

一点儿准备都没有,盲刘去了另一个世界。

弟弟抱着他号啕:"瞎子就是瞎子,再灵巧也是瞎子,别不承认啊。"

盲果成天抱着几个月大的女儿唱歌。

歌声好听却有悲意。

盲果说,盲刘的灵魂不远,我的歌声会赶上他,把他追回来。

有人惋惜,盲刘会算命,怎么不为自己算算吉凶呢?

真正会算命的,是从不为自己算命的。立即有人正色地回答。

盲刘的儿子弃了学,从北京回来,照顾母亲和妹妹。

他们把家从城里搬回镇上。

日子还得流水一样往下淌,淌到水干鱼尽时。

货　郎

王·往

"换糖哩——换糖哩——"

货郎来了。

他一来,村庄的帷幕就拉开了。孩子们向他跑来,大姑娘小媳妇向他走来。他更加热烈地渲染着气氛,疾速地敲着铜锣,拉长了声音:"换糖哩,换糖哩,废铜烂铁破棉胎塑料鞋底鹅毛鸭毛酒瓶油瓶——换——糖——哩——"

他的声音像戏台上的念白一样有韵律,他也很快成了村庄道路上的主角。说是换糖,其实,不仅仅有糖,还有发卡、头绳、纽扣、针线、雪花膏、歪歪油、玻璃弹珠、炒米团……他们七嘴八舌地问他货物的价格,他耐心地回答着,眼睛却早把人家手里的东西看了个遍,估出了价钱。开始讨价还价了,好戏才真正开始,明明是有了赚头,可他总是带着无奈的笑,又摆手又摇头,装着十分吃亏的样子。对孩子,他倒干脆,有些赚头了,他就换了。对那些小媳妇,他可得动点儿心思:他要把她们的废品价格压得低低的,因为小媳妇们往往在交换成功后,眼疾手快地再"饶"他一两样小东西,他得把饶的东西也打在本钱内。小媳妇们饶了东西,笑着跑了,他就在后面叫着:"哎哎哎,你看你看,我都亏死了……"他夸张地向人家的背影招手,可怜虫一样地摇头,引起了一阵笑声。为了赚钱,他乐意扮作小丑。可是一阵买卖过后,你再看他的表情，完全不一样了。他擦了一把额头的细汗，挑起担子，用敲麦芽糖的小锤敲着铜锣，一脸舒心的笑，叫卖声比进村时更响了。

老石头就是这样的一个货郎。

他家在镇上，做的却是走村串户的生意，他的店铺挑在肩上。别的东西是批发来的，麦芽糖是他自家做的。他将麦子浸泡一天一夜后，再搁上几天，便长出白白的嫩芽，然后磨成麦芽汁，倒进铁锅煮沸，降温到四五十摄氏度后，拌进煮熟的玉米、糯米中进行发酵，发酵之后压榨出汁液，经过冷却就成了麦芽糖。老石头说他家做麦芽糖已经几代了，他的麦芽糖味道是最好的。也正因这样，孩子们和他换麦芽糖时，旁边的大人常常对他说："老石头，你自家做的，本钱小，给孩子多敲一点儿嘛。"

老石头笑笑，好哩。把刀片往里移了一点儿。

"嘿，就这么一点儿宽，像纸一样薄，老石头，你也太小气了。"大人不满意，说话夸张。

老石头赶紧诉苦："你不知道啊，小本生意，不容易。"说着，又在角上敲了一小块，只有蚕豆大，"孩子，拿着，满意了吧？"

大人不屑地笑起来："老石头，你也真舍得，这么丁点儿！"

老石头也笑："下次，下次的，再找东西来，我多敲一点儿！"

别看老石头小气，也有大方的时候，每当看到大人怀里抱着的孩子，老石头就会主动敲一块糖递上去，逗着孩子："哦，石头爹的糖，送小乖乖尝尝，甜吧？"

抱着孩子的大人有些过意不去："你看你看，真不好意思，小本生意，还沾你光……"

老石头拍拍孩子的脸："没事，石头爹不小气，石头爹喜欢小乖乖！"

这下，所有人都笑了。

长年累月挑担，让老石头的背驼了，驼得比他的扁担还弯。一阵买卖过后，老石头会拿出马扎坐着，等着下一拨儿生意。

孩子们常常捉弄老石头。他们趁老石头起身敲麦芽糖时，悄悄抽走了马扎,老石头一坐一个空,摔得四仰八叉。老石头起来后,大声骂着:"哪个没教养的小东西,啊?"孩子们不怕他,哈哈笑着。老石头便借机说:"有什么好笑的,欺负我老头子,算什么本事,有本事回家找点东西来换糖换炒米团吃,我才佩服!"孩子们不做声了,老石头自己笑起来:"嘿嘿,你们找不着东西换糖了吧,找不着,我可要走了。"

过了些日子,孩子们又玩抽掉他马扎的把戏,他还是一坐一个空,他还是骂,孩子们还是笑。他总是记不住,好像是故意逗孩子们开心的。

我也是这群孩子中的一个,也曾捉弄过老石头。

当我长大以后,才知道老石头挑货郎担是多么不容易,却又是多么了不起:老石头有三男两女,两个儿子成了大学生,其他孩子也各有专长。

十多年前,老石头去世了,我们村庄再也没有别的货郎去过。他们挑走了过去的岁月。

我常常想,对于一个家庭,老石头就是一双肩膀,一副扁担,可是对于我们平原上的村庄,一个货郎的到来和消失又意味着什么呢?

银 匠

王 往

银匠是神秘的。

他的衣着讲究，不一定名贵，但是得体、挺括、利索。他的皮肤白净，手指细长，声音细软。这和他的手艺相当般配。打银子，是精致的活儿，粗手大脚，邋邋遢遢还叫银匠吗？

但是人们还是感到好奇，人们见过的其他串庄的手艺人和生意人，都是衣衫粗陋，大呼小叫，不知道这个与众不同的人打造出的东西会是什么样子。

银匠走在村路上，招揽着生意："打银子哩。"大姑娘小媳妇们只是看着他，并不急着叫他停下，而是互相转告："银匠来了，打银子的来了。"她们约了几个人，先是羞怯地看着他，你推我让地叫一个人先跟他说话。他发觉了，停下步子，放下担子，伸手划一下遮到眼睑的发梢，似乎也有些羞怯，轻声问："打银子吗？"对了，他的头发也和村里的年轻人不同，一边长一边短，又光滑又柔顺，像招贴画上的郭富城。

他很快就赢得了人们的好感和信任，不一会儿工夫，他的担子边就围满了人，有人拿来了碎银子，有人拿来了旧银饰。

随着工作的开始，人们对他又多了一层神秘感。人们看着他拉开风箱，火苗蹿上来了，银子在容器里化成了水，注入了模具，接着他拿出了砧子、钳子、锤子、锉子。他一声不吭地做着这些活儿，人们也不吭声，仿佛怕惊动了银子的魂魄。

他敲着，剪着，刻着，磨着，沉浸在手艺的世界，这更增添了他的神秘感。

一个银项圈出来了，一副手镯出来了，一枚银戒指出来了，它们发出月光的清辉，静静地躺在主人的手心。啊，主人轻声赞叹着，声音似乎是从眼睛里发出来的。人们看到他不仅将银饰錾上了花纹，还錾上了文字。他在项圈上錾上"前程似锦"，在手镯上錾上"天长地久"，这是他对主人的祝福，让主人平添了喜悦和感动。

银匠抬起头，笑微微地看着主人的表情。他的目光是自信的，但没有任何自傲，依然很沉稳。他的表情更让人敬佩他了，这说明人家手艺过硬，已经习以为常了。主人的目光与他对接时，才从恍惚中想起一件事，急忙付钱。银匠随意往银柜子下的抽屉里一放，又随意推上，然后，随意地拉起了风箱。

偶尔闲下来时，人们也跟他聊几句，问他哪里的，他不说详细，只说是南方的；问他多大做手艺的，他说十三岁就开始了。人们不问了，他也就不说了。好像除了做手艺，他对别的都不感兴趣。

可是，有一天，这个银匠竟然做出了一件叫人震惊的事：他把村里一个姑娘拐跑了。要说，这种事情，在我们平原上也是常有的，安徽卖菜刀的，河南耍把戏的，浙江卖布的，山东弹棉花的，在村里待了一段时间，和某个姑娘看对眼了，就带着私奔了。可这些人都有个共同特点：能说会道。而这个银匠呢，他嘴很拙，不说什么话，也没见他和那个姑娘单独交往，怎么就一下子带她走了呢？

人们觉得他更神秘了。

这个被他带走的姑娘，是蒲先生的女儿，叫小槿子。蒲先生是当地有名望的教师，对孩子很严的，出了这样的事，他可受不了，在家里躺了几天。

人们去劝他，说："银匠是个不错的小伙子，姑娘跟他不会有罪受，你想开些。"

蒲先生想不开，愣了半天，丢下一句话："我只当她死了，她永远别想踏进家门半步。"

人们走了，都知道这是气话。以前那些姑娘和外地人走了，哪家不是这样说？到头来，姑娘有了孩子了，一家几口回来了，还不是亲亲热热的？这叫"亲不亲，打断骨头连着筋"。

可蒲先生的脾气很犟，女儿小槿子走后一年，托人带话回来，说想回家看看，蒲先生直摆手："我死了都不想见他们！"

几年后，蒲先生要过六十寿辰，亲朋好友都劝他："让小槿子一家回来吧。"蒲先生还是摇头："不行，我是不会认他们的！"

蒲先生六十寿辰那天，小槿子和银匠带着女儿回来了。带了很多礼物，其中有一方寿匾，里面镶着一棵松树，是纯银打制的。村里人可算开了眼。

蒲先生还是不搭理，躲在房间不出来。

小槿子和银匠就跪到他面前。小槿子说："爸，您可以不认我，可我不能不认您，您过生日我是一定要回来的！"银匠接着说："爸，对不起，以前是我的错，以后我会好好孝敬您老。"人们见了这阵势，赶忙叫蒲先生拉孩子起来，蒲先生终于开口了："起来吧。"

亲友们这才把银匠送的寿匾挂起来。蒲先生不看。

吃完饭，有人问银匠还打不打银子了。银匠说打，然后拿出一个箱子，里面装着打银子的器具。很快，银匠又被人们围了起来。有人拿来一个旧银饰，叫银匠翻新。银匠翻新好了，这人问多少钱，银匠还没张口，旁边响起一个声音，原来是蒲先生："乡里乡亲的，收什么钱！算了！"银匠赶忙说："算了算了。"

银匠在村里待了三天，每天都忙着打银饰，分文不收。人们硬要给，银匠说："爸不让收钱。"

蒲先生终于开心起来。

玉米的馨香

邢庆杰

那片玉米还在空旷的秋野上郁郁葱葱。

黄昏了。夕阳从西面的地平线上透射过来,映得玉米叶子金光闪闪,弥漫出一种辉煌、神圣的色彩。三儿站在名为"秋收指挥部"的帐篷前,痴迷地望着那片葱郁的玉米。

早晨,三儿刚从篷内的小钢丝床上爬起来,乡长的吉普车便停在门前。乡长没进门,只对三儿说了几句话,就匆匆忙忙地走了。三儿便在乡长那几句话的余音里待了半晌。

"明天一早,县领导要来这里检查秋收进度,你抓紧把那片站着的玉米搞掉,必要时,可以动用乡农机站的拖拉机强制执行。"乡长说。

三儿知道,那片劫后余生的玉米至今还未成熟,它属于"沈单七号",生长期比普通品种长十多天,但玉米个儿大,籽粒饱满,产量高。三儿还是去找了那片玉米的主人——一个五十多岁瘦瘦的汉子,佝偻着腰。

三儿一说明来意,老汉眼里便有浑浊的泪滚落下来。

"俺还指望这片玉米给俺娃子定亲哩,这……"汉子为难地垂下了头。

三儿的心里便酸酸的。三儿也是一个农民,因为稿子写得好,才被乡政府招聘当了报道员,和正式干部一样使用。三儿进了乡政府之后,村里人突然都对他客气起来,连平日里从不用正眼看他的支书也请他撮了一顿,所以三儿很珍惜自己在乡政府的这个职位。

三儿回到"秋收指挥部"的帐篷时，已是晌午了。

三儿一进门就看见乡长正坐在里面，心便剧烈地顿了一顿。"事情办妥了？"乡长问。

三儿呆呆地望着乡长。

"是那片玉米——搞掉没有？"乡长以为三儿没听明白。

"下午……下午就刨，我……我已和那户人家见过面了。"三儿都有点结巴起来。

乡长狐疑地盯了他一会儿，忽然就笑了。乡长站起来，拍了拍三儿的肩膀说："你是不会拿自己的饭碗当儿戏的，对不对？"

三儿无声地点了点头。

乡长急急地走了。三儿目送着乡长远去后，就站在帐篷前望着这片葱郁的玉米。

天黑了，那片玉米已变成了一片墨绿。晚风拂过，送来一缕缕迷人的馨香，三儿陶醉在玉米的馨香中，睡熟了。

第二天一大早，乡长和县里的检查团来到这片田地时，远远的，乡长就看到了那片葱郁的玉米在朝阳下越发蓬勃。乡长就害怕地看旁边县长的脸色。县长正出神地望着那片玉米，咂了咂嘴说："好香的玉米啊。"乡长刚长出一口气，县长笑着对他说："这片玉米还没成熟，你们没有搞'一刀切'的形式主义，这很好。"乡长心里一块石头落了地，脸上一片灿烂，心想待会儿见了三儿那小子一定表扬他几句。

乡长将县长等领导都让进了帐篷。乡长正想喊三儿沏茶，才发现篷内已经空空如也。

三儿用过的铺盖整整齐齐地折叠在钢丝床上，被子上放着一纸"辞职书"。乡长急忙跑出帐篷，四处观望，却没有看到一个人影。一阵晨风吹来，空气里充满了玉米的馨香。乡长吸吸鼻子，眼睛湿润了。

宝 刀

邢庆杰

关子明靠打铁谋生,但他的名气不是因为打铁手艺,而是他有一把祖传的宝刀。

据说,这把刀已经传了十几代了,是当年关羽遇害后,一个崇拜关羽的吴国副将用青龙偃月刀的刀头作材料,经过数月的淬炼精制而成,可以迎风断草,削铁如泥。

拥有宝刀的关子明,据说也有一身的好刀术,但是,镇上的人都没有见过他练刀,甚至连他的刀也没见过。那把刀,终日被关子明背在背上,外面有一个黑色的刀鞘。

鬼子在镇上修起了炮楼子。鬼子小队长中村嗜武如命。他从一个汉奸嘴里得知关子明,就找上门。盛夏的天气,关子明封了火,正在铁匠铺子里喝大叶子茶。

中村弯腰进了铁匠铺子,他带来的两个兵一左一右,把住了门。中村问:"你的,关云长的后人?"

关子明斜了他一眼,点了下头。

中村说:"我的,读过《三国演义》,非常佩服关云长。可是,我们隔着这么远的时空,没法交流。今天,能遇到他的后人,我的,三生有幸。"

关子明这才站起来,双臂抱在胸前:"你说,什么事吧?"

中村笑了,他缓缓抽出了东洋刀:"我的,想和你切磋一下刀法,你的,敢不敢?"

两人在铁匠铺门前的空地上站定。铁匠铺前很快就站满了围观的人。

中村双手擎刀,刀尖冲天,蓄势待发。

关子明一动不动。

中村叫道:"拔刀吧!"

关子明摇了摇头,从门前的柳树上折下一根小拇指粗的柳条儿,右手一撸,碧绿的柳叶撒了一地。

中村怒道:"你的,敢藐视我们大日本帝国的东洋剑法?"

关子明一笑:"你尽管来吧!"

中村号叫一声,东洋刀闪电般向关子明头顶劈了下去!

关子明手腕微微一动,那根柳条儿带起一股清脆的风声,后发先至,击在中村的双腕上。东洋刀劈至半路,便软软地落在地上。

中村诧异地看了关子明半晌,打着手势说:"我想领教的,是你的刀法。"

关子明说:"如果我拿的是刀,你的手还在吗?"

中村脸红了,但他仍然坚持说:"我的,是想看一下你的宝刀!"

关子明说:"可以——等你赢了我。"

中村叹了一口气,走了。

此后,中村多次来挑战,均大败而归。

而且,关子明从未拔出过他的那把宝刀。

关子明名声大噪。

后来,八路军武工队的邢队长被组织上安排在镇里养伤。由于叛徒告密,泄露了风声,中村带着一小队鬼子兵在镇上挨家挨户搜查。当搜到关子明的铁匠铺时,关子明一尊铁塔般站在门口,一动不动。几个鬼子刚一靠前,他就将手伸向肩后,握住了刀柄。鬼子吓得连连后退。

中村冷笑道:"关,你终于肯拔刀了!"

关子明摇了摇头:"你不配。"

中村狂怒道："关，你的明白，今天不是和你私下比武，而是执行皇军的军务，希望你识相点。"

关子明就像一棵树，长在了门口。

中村一挥手："开枪！"

几个鬼子端起三八大盖，瞄准了关子明。

关子明探手入怀，然后一扬手，几支飞镖同时甩了出去，鬼子们还没来得及拉开枪栓，就倒在了地上。

中村向天开了一枪，一大队鬼子拥了过来。

中村笑道："关，我的，今天一定要见识见识你的宝刀。"他冲鬼子们说了一通日语，鬼子们都退下弹夹，挺着刺刀向关子明扑了过去！

关子明拳脚并用，在鬼子们的刺刀中穿插自如。鬼子只要挨近他，他或掌劈或拳打，都是一招命中要害，片刻之间，已经有十几个鬼子毙命。

鬼子越聚越多，明晃晃的刺刀逐渐将关子明逼到一个墙角。由于可供周旋的空间越来越小，他的大腿和胳膊上各被刺了一刀。

中村在圈外狂笑道："关，你的，再不拔刀，就死啦死啦的。"

关子明伸手握住了肩后的刀柄。

鬼子们忽然退潮般纷纷向后退了十几步，个个面露恐慌。

借此机会，关子明从地上捡起一支枪，将枪刺卸了下来。

鬼子们见他没有真的拔出宝刀，再次扑了上来！

一场恶战，血肉横飞。

当最后一个鬼子兵倒下时，伤痕累累的关子明也倒了下去。

中村得意地走过来，用手枪指着关子明道："关，你的刀，现在要归我了。"

一声枪响！

中村倒在了血泊中。

是藏在铁匠铺的武工队邢队长开的枪。

邢队长扶起奄奄一息的关子明，不解地问："都到了生死关头，你为什么

还不拔刀？"

关子明苍白的脸上掠过一丝笑容,他艰难地握住刀柄,将刀拔了出来……竟然是一把锈迹斑斑的铁叶刀!关子明轻轻一抖腕子,刀片竟从刀柄处断了。

邢队长不解地看着他:"这就是你祖传的宝刀?"

关子明惨然一笑,说:"这刀,在鞘里,是一把祖传的宝刀,能震慑敌胆;拔出来,就是一张铁片……"

打 油

邢庆杰

冬天无事,被村人称为"小精人"的赵小利日上三竿才起床。他正想上茅厕,大门外传来了叫卖豆油的声音。

赵小利出了大门,见一魁梧汉子推着独轮车,边走边吆喝:"打油喽,打油喽……"独轮车的两边放着俩油桶,恐怕每桶有百十斤。汉子衣着极为破旧,身上的衣服补丁摞着补丁;四方大脸,表情略有些痴呆。

赵小利问:"你的油多少钱一斤?"

那汉子憨憨地答:"一块五。"

赵小利说:"别人卖的可都是一块四。"

那汉子笑说:"一块四就一块四。"说着话,放下车把,把车停稳。

赵小利见汉子答应得爽快,暗暗后悔价给得高了。他见桶沿上挂着油壶子,就搭讪着问:"你这一壶子多少?"

那汉子将壶子摘下来说:一壶子四两,两壶子半斤。"

赵小利以为自己听错了,往前探了探头又问:"多少?"

那汉子说:"一壶子四两,两壶子半斤。"

赵小利重新打量了一下那汉子,问:"大兄弟,你是哪个村的?"

汉子不好意思地搔了搔后脑勺说:"远了去了,东北乡刘胡庄的。"

赵小利说:"哟,这可三四十里呢。大兄弟怎么称呼?"

汉子说:"俺原本叫刘大青,俺村里人都说俺傻,都叫俺刘傻青,反正你进村一说找傻青都认识。"说完,就摸着后脑勺嘿嘿地傻笑。

赵小利回家拿来了塑料油桶,说:"看你这么远来也不容易,就打五斤吧。"

那叫刘傻青的汉子就给他整整打了二十壶。赵小利迅速地在心里算了算,一壶子四两,两壶子是八两,二十壶子就是八斤,他多给了三斤油。付完钱,赵小利回到家里,赶紧拿出秤来称了称。果然,整整八斤,秤杆还撅得老高。

中午,赵小利让老婆用新打的油炒了个菜。嘿,这油还真是不折不扣,香着呢。

不到半天,赵小利打油占便宜和"一壶子四两两壶子半斤"的故事就传遍了整个村子。

村里有好事的女人便三三两两地赶到赵小利的家里。每来几个人,赵小利都会绘声绘色地讲傻子卖油的故事,听得人直咋舌,都说,这个人,还真是个傻青。有人还拿起赵小利盛油的塑料桶左看右看地研究那油。赵小利便极得意地叼着烟,坐在椅子上吞云吐雾。后来,不知谁突然说了一句,那个傻青还来不来?

这一下,引起了众人的兴趣,都攒足了劲,等那傻青再来了多买点儿。最后,众人一致决定,不管谁看到那个傻青来卖油,都不准吃独食,得挨家送信。

村人们望眼欲穿地等了半个多月,那个汉子真的又推着独轮车来了。

最先看到他的是支书的女人王香香,王香香一看见他,就觉得很像赵小利说的那个人,王香香就问:"哎,卖油的,你的油是一壶子四两两壶子半斤吗?"

那汉子放下车把,不好意思地摸了摸后脑勺说:"是的是的,一壶子四两两壶子半斤,都卖了好几年了。"

王香香大喜,一边风一样跑回家拿了个大油桶,一边嘱咐男人在大喇叭上给广播一下，就说卖油的来了。

不消一刻，小小的独轮车旁就围满了打油的人。

那叫刘傻青的汉子可忙坏了，不断地打油、收钱、找钱，大冬天的，竟忙出了一脸的汗。

两大桶油，足足有两百斤，就一会儿工夫全部打完了。还有一些没打到油的，不甘心地围在独轮车旁问："那汉子，还来不？"

那汉子就憨憨地笑，一边擦汗一边说："来，来，不来油卖给谁去？"

汉子在众人恋恋不舍的目光中推着他的独轮车走了。

中午，家家户户的房顶上都飘起炊烟的时候，打了油的人都来到街头，聚到了刚才打油的地方。他们中午都用新打的油炒了菜，却一点儿香味也没有。他们打的，是几毛钱一斤的菜籽油还兑了一半的水，这个当可上大了。

愤愤地怒骂了一通那挨千刀的汉子后，有人忽然说："赵小利怎么没出来？"

又有人说"好像打油的时候也没见到他。"

众人又都来到了赵小利的家里。

赵小利仍然叼着烟吞云吐雾，等众人说完了骂完了之后，他才不紧不慢地说："这一次，我一斤也没打。"

王香香问："你怎么不打？"

赵小利说："我总觉着不对劲儿，我还想起了那句老俗话：南京到北京，买的不如卖的精啊。"

众人一听，又纷纷指责他："你怎么早不说，眼看着我们这些乡亲上当？"

赵小利冷笑了一声说："早说？早说你们谁肯听我的？你们能放弃到手的便宜吗？"

众人哑然。少顷，尽散。

酒人张敦子

袁省梅

  村人唤张敦子"酒人",是因为张敦子喝酒的规矩。张敦子喝酒必须是:在自家喝;一日三餐,每顿必喝;每次喝酒,不多不少,三小盅。可是张敦子还有第四条:喝酒必须得有人陪。前三条不管怎么说,张敦子总有办法让它们齐备,可谁陪他喝酒呢? 他儿子在城里工作,仨月俩月回来一次也跟火燎般扔下几张钱就没了影。屋里除了箱笼柜桌、锅碗瓢盆,就是那几只晚上出没、白天趁张敦子不注意时也出没的老鼠。

  巷子里的男人知道张敦子的毛病,都躲着绕着张敦子走,不是不想喝酒,是喝了酒回家要挨媳妇骂。

  三婶是张敦子的邻居。好强的三婶守寡多年,肚里的苦水从不跟人诉说,收秋、种麦……咬着牙自己扛。人常说,远亲不如近邻。张敦子看见三婶的艰难,哪有不伸手帮忙的? 三婶有时烙个煎饼包个饺子,就给张敦子送过去。张敦子嘴上推辞,手却接了碗。

  那天,张敦子实在抓不着个人陪喝酒,看见三婶,诺诺地央求:"他婶,你这会儿有空吗?"

  三婶知道张敦子的意思,为难地说:"他叔,事倒没有,可我不会喝酒呀。"

  "没事没事,你只一滴,一杯一滴,三杯三滴。这不碍事的。"张敦子欢喜地摆好六个杯子,他三个,三婶三个。张敦子的酒是从县里酒厂打的散酒。张敦子说:"真正喜欢喝酒的人,在乎的是酒落肚后的感觉。"村人笑他没钱买好酒,还要编这好听的。张敦子摇摇头,叹息:"品酒品的不是酒滋味,是心里的滋味。"村人问他:"那酒到你肚里,心是啥滋味?"张敦子摇摇头,不说话了。

张敦子给三婶的三个杯子里滴了三滴酒,清清亮亮。而他的酒杯倒得满满的。

自此,三婶没事时,就过来陪张敦子。不过,三婶的三个杯子里总是清清亮亮的一滴一滴一滴,从没多过。

突然有一天,张敦子的三个小杯子换成了三个大杯子。三婶问:"今儿个咋了?"

"他婶,我今儿个生日,这么大岁数了,就这个生日我高兴哩。"酒还没挨嘴,张敦子脸先红了。

三婶嗔怪:"哦,那我今天陪你这酒人多喝一点。"

张敦子嘿嘿笑着:"啥酒人啊,人都胡叫,唤我酒鬼才对哩。"

"你不是酒鬼,你是酒人。"三婶打趣。

"好好好,你说酒人就酒人。"张敦子嘎嘎笑着,脸成了绛紫色。

三婶喝了三杯,虽是三小杯,可三婶还是感到头晕得慌。三婶醒来时,发现自己躺在张敦子的炕上。

张敦子和三婶喝酒,三婶睡在张敦子炕上的事在村里传开了,传得风生水起。张敦子的儿子回来了,怒吼的声音,整个巷子都能听见。

"你说你都这把年纪了,咋还做出那事啊!"儿子在屋子来回走着。

"你不要脸,我还要脸哩……"儿子摔下话,气哼哼地走了。

天黑的时候,张敦子来到三婶家。

"他婶,都怪我。"张敦子嗫嚅着,满脸愧疚。

三婶坐在炕头,一块手帕擦得能拧出水来:"哪能怪你? 你我都是苦命人。"

张敦子回到屋里,看着冷清的屋子,心里愁苦得跟烂抹布一般揪成了一团。张敦子想不明白的是,和三婶在一起,咋就不要脸了,咋丢了儿子的脸了。

第二天,张敦子坐在桌前,看着面前的三个酒杯,叹着气,喝不下一口。三婶掀帘子来了,一来,就坐在张敦子对面,说:"我们在一起,不就多个伴吗?我想过了,怕啥?我陪你喝。"张敦子说:"我就怕你心苦。"

张敦子和三婶还在一起喝酒的事跟着巷里的穿堂风飕飕地跑到了人们的嘴边。人们咦咦地惊呼着,叽叽喳喳地嚼来嚼去,瞅见张敦子,故意大着嗓门问:"叔,你这酒人,这下享福了,专人陪喝哩。"说完就不屑地挤眉弄眼,没来由地哈哈大笑。听着这些闲话,张敦子担心三婶听见,不知要多么伤心。张敦子的心吊在一根线上般,扑通扑通乱跳。

吃饭时,张敦子给桌子上摆了六个酒杯,自己面前三个,对面三个——那是三婶坐的地方。他的三个杯子还是斟得满满的,对面的三个小杯子是一杯一滴酒。张敦子叹口气,"吱"喝一杯,"吱"又喝一杯。三杯喝完,又倒了三杯。看着对面的三个小杯子,张敦子颤颤地说:"他婶,来,干了。"

三杯还没喝完,张敦子听见有人叫门:"他叔,在屋里吗?他叔,在屋里吗?"是三婶的声音。张敦子的手突然抖个不停,杯子晃到嘴边,"咕"地吞了,泪水哗一下涌了满脸。

村姑踢人

刘国芳

踢人是个人，一个二十岁的农村女孩。二十岁的女孩应该如花似玉，但踢人却跟这词相去甚远。踢人三四岁的时候跌在火笼里，烧坏了半边脸，破了相。踢人半边脸是一个老大的伤疤，她走出来，脸上的伤疤比她身上任何地方都醒目。

踢人这个名字其实是她自己取的。也是三四岁的时候，踢人见到任何不喜欢的东西都用脚去踢，踢桌子凳子水桶、地上的石头、路边的树、地里的庄稼，反正什么东西，她都用脚去踢。见了不喜欢的人或者惹她不高兴的人，踢人也用脚去踢。比如爸爸让她不高兴，她就用脚踢爸爸，边踢还边说："爸爸是坏人敌人踢人。"妈妈让她不高兴，她又用脚去踢妈妈，也是边踢边说："妈妈是坏人敌人踢人。"对别人，踢人也是这样。村里二狗，喜欢惹她，踢人见了二狗，就过去踢他，还说："二狗是坏人敌人踢人。"可见，在踢人心里，踢人跟坏人敌人是同义词。有一段时间，踢人天天说着踢人这两个字，于是，别人就把她叫成踢人，她原来的名字，没人叫了。

踢人脸上破了相，难看，但人好，为人很热心。踢人十八岁了，村里别的女孩这时候都在谈朋友找对象，踢人脸上有疤，没人要她，她只好找事做。她买了一辆三轮车，天天开着车去浒湾帮人拉货，有时候，也拉拉人，拉一个人去浒湾两块钱。把人从浒湾拉回来，也是两块钱。但拉村里人，踢人从不收钱,不管是村里人去浒湾还是村里人从浒湾回来,踢人从不收钱。在半路上见了村里人,踢人也会停车。踢人这样做,为她赢得了好口碑,所有的人都说踢人好。踢人脸上是有伤疤的,难看,但在村里,没人觉得踢人难看。因为踢人做人好,大家完全忽视踢人脸上的伤疤,觉得她和平常女孩一样。有时候坐在踢人的车上,一些人还问着踢人说:"踢人,你找了对象吗?"踢人说:"找不到。"

问的人才觉得这话不能问,于是说:"你找得到,你人这么好,一定找得到。"

踢人说:"可是,没人来找我呀!"

"会有人来找你。"车上的人一起说。

"真的没人来找我。"踢人幽幽地说。

那几年,踢人真的没想过有人会找她。踢人整天开着三轮车在外面跑。有时候,她也会像村里人一样,坐在马路边卖瓜。踢人他们村在马路边上,村里人有什么东西,会搁在马路边上卖。比如夏天西瓜熟了,卖西瓜;秋天橘子柚子熟了,卖橘子柚子。踢人比较大方,不会斤斤计较。所有过往的人,只要买过踢人的东西,都会再把车停在她跟前,再买她的东西。有一个年轻人,开一辆很好看的车,踢人也不知那是什么车,但踢人知道只要自己在路边卖东西,这个年轻人就会把车停在自己跟前,买自己的东西。而且,年轻人喜欢跟踢人说话,年轻人总走过来说:"又看到你。"

踢人笑一笑。

一次年轻人问她:"你叫什么名字?"

踢人说:"踢人。"

年轻人没听清楚,又问:"你叫什么,踢人?"

踢人说:"踢皮球的踢,人民的人。"

年轻人说:"踢人?怎么叫这样的名字?"

踢人笑笑。

再熟些,年轻人有一天跟她说:"如果不是你脸上有疤,你并不难看。"

踢人又笑。

年轻人说:"怎么弄成这样?"

踢人说:"小时候跌在火盆里了。"

年轻人说:"身上没烧伤吧?"

踢人说:"没有。"

说着,踢人把身上的衣服往上提了提。那是夏天,踢人只穿一件短短的T恤。衣服往上一提,肚脐眼下面两寸和上面两寸就露了出来。年轻人见了,就说:"其实你身上的皮肤很好。"

踢人提衣服只是习惯性动作,因为经常会有人问她身上烧坏了没有,为了证明没烧伤,她往往会提一下衣服。但在这个年轻人跟前提衣服,踢人有些不好意思了。

年轻人又说:"而且,你身材很好。"

踢人脸红了。

这天年轻人又来了,但不知是走神还是不小心,年轻人把车开到路边水沟里去了。年轻人怎么打油门,车也上不来。不少人围着看,年轻人让大家帮忙推一下,但没人动手,都说要钱。正说着时,踢人走了过来。听村里人说要钱,踢人生气了,踢人说:"你们丢我们村的人,帮人推一下车还要钱。"

踢人说着,看了看车,然后跟年轻人说:"你等一下,我开三轮车帮你拉上来。"

过了一会儿,踢人就开了三轮车来,还带了绳子来,绑好,踢人坐在自己的车上发动三轮车,轰隆几声响,年轻人的车就从沟里拉了上来。这次之后,年轻人来得更勤了,每次,都跟踢人买很多瓜。一次踢人看着年轻人说:"你买这么多瓜是自己吃还是怎么的?"

年轻人说:"当然是吃。"

踢人说:"你吃得了这么多瓜?"

年轻人说:"吃得掉。"

一次年轻人跟踢人说:"我觉得你脸上的疤可以整容,治得好。"

踢人说："没想过。"

年轻人说："怎么没想过？"

踢人说："没那么多钱。"

年轻人说："我有，我想帮你整容。"

踢人看着年轻人说："你帮我整容，骗我吧？"

年轻人说："真的。"

这个年轻人，不是说说而已，他是认真的。年轻人后来到踢人家里，很认真地跟踢人父母谈了一次。又过了一段时间，年轻人就和踢人把关系定了下来。尽管关系定了下来，但踢人父母总觉得这事很玄，没有对外说出去。

这以后，村里人就很少见到踢人了。但那时候瓜下市了，没人再在路边卖瓜了，因此，没怎么看到踢人也算正常。但没看到踢人开着三轮车来来往往，村里人还是会想到她，有人说："踢人呢，怎么这么久没见她？"

没人回答得出来。

但世上没有完全瞒得住的事，很快，村里人知道了，踢人找了个有钱的老公，就是那个开小车的年轻人，她嫁到城里去了。

大半年以后，踢人回来了，当然，是整了容后回来。这时候踢人脸上的疤已经没有了。踢人真的很好看，把疤整了，人真的很漂亮，她走在村里，没人认识她。踢人喊一个人，又喊一个人，再喊一个人，但别人都陌生地看着她，还问："你是谁？"

踢人说："我是踢人呀！"

人家明白她是谁了，但反应冷淡，都说："你是踢人呀？不像呀！"

说着，转身而去。

长 腿

包兴桐

夏天的夜里,村里人在院子里乘凉的时候,常常会看到一点光在山岭上移动,大家知道,那是长腿回来了。

当长腿还是个五六岁的小孩子时,嘴巴就特别甜,只要远远地看到一个老人,他就乐呵呵地跑过去,响亮地叫一声"阿公"。大家都说,这孩子,这张嘴巴是吃四方饭的。要是家里有什么东西出了,如丝瓜、玉米棒子、豇豆、柚子什么的,看到有人从家门前走过,他就一定要送一点给人家尝尝鲜。有的人客气不要,但回家一看,长腿早就把东西偷偷塞在担子里了。要是长腿到地里摘东西,一大篮子的丝瓜,到家就只剩下篮底的两三根了;一大篮子的豇豆,用手一抓,也就只剩一把了。但后来大家发现,长腿顶特别的,还是他的腿。那两条腿,显得特别长,脚掌也特别厚特别大。五六岁的孩子,每天把整个村子走个遍,常常吃饭的时候都找不到人——好在,经常有人请他吃饭。村里的房子都是依山势而建的,一户人家和一户人家之间的路,要么上坡,要么下坡,要么过溪过桥。就是十来岁的孩子,也经常有掉到坎下摔到溪里摔坏的。但是长腿从早上眼睛一睁开到晚上上床睡觉,整天在村里上东家下西家的,从来没有见他摔倒。他每到一户人家里,就会一个人一个人问好,好像是正月初一给人拜年似的。要是看到有人在做事,他就会赶紧挨过去伸手帮忙。要是看到有老人家坐在那里出神,他就会拿张小凳子紧挨着坐下和他讲一会儿话。他就这样每天在村子里挨家挨户走一圈。有的人干脆就把像剥豆荚、捡米里的小石子等小事放着,等着长腿来做。大家都说,长腿这孩子真乖,真懂事,手脚真勤快。

"长腿真乖。"

"长腿真勤快。"

在老老少少男男女女的一片赞扬声中,长腿的双腿迈得更快更欢也走得更远了。八九岁光景,他就开始上山下园了。他也和其他小孩子一样玩,但一旦看到有人在地里田头干活儿,只要他能帮得上的,他就会停下来,安安静静帮大人做事,就是遇上帮不上忙的大活儿,他也要在旁边站一会儿,和大人说上几句很内行的庄稼话。长腿的父母也不干涉他,他们听到的都是长腿的好话,没有人说他在外面跑来跑去作恶的。再说,长腿帮人干活儿,时常会有人塞点东西给他带回家,两个玉米棒子、一把花生、两根黄瓜、一把毛豆之类的——这对于他们那个家来说,也是不小的惊喜。而且这时候大家发现,他不仅腿长,胆子也特别大。晚上他在别人家里玩,天再黑,路再远,他一个人摸黑就回去了。

长腿的双腿真正派上大用场,大概是在十来岁的时候。我们村怎么看都像一个挂在半山腰的亭子。好像是,村里的先人最初来这里的时候,走累了,就决定在这里烧荒建房休养生息了。虽然是挂在半山腰,但离山脚透透迤迤的,也有二十来里路;到乡里,那至少有三十来里路。从村里到乡里,一般都要走两个小时。办点事,买点东西,很不方便。十天半月大家约好了去乡里,都是要互相交代提醒要买的东西。一旦买落下了,就要再走半天的冤枉路了。等长腿长大了,大家才觉得开始松了一口气。有什么要紧的东西没了,就去叫长腿。长腿拿了钱就跑。一路上遇到人,他就会热情地问:

"婶,我要到乡里帮上屋的七公买点冰糖,你有没有什么要买? 要买,搭我就是了。"

不一会儿,长腿真的就从乡里买了冰糖回来了。一看时间,他来去才用了不到两个小时。

　　那会儿，村里人差不多每天都可以看到长腿从村里下山的那条岭子上飞奔下去的影子。看到的，都会互相说一句："长腿这孩子，手脚真勤快，心真轻。"

　　只有他爸爸看到了，会冲着他的影子大骂："你这断种儿，你跑，你赶命地跑，我一天要多一碗饭，一个月多一双鞋。"

　　这时候的长腿，在别人的一片赞美声和他爸爸的一片责骂甚至是谩骂声中像春笋一样拔节长大了。本来这两种极端的引导对于一个成长中的少年来说，是件很矛盾的事。但大家轻易就看出来，长腿欣然选择了大家的赞美，而置他父亲的责骂谩骂于不顾。在他青春葱茏的岁月里，他的两条长腿，跑得更欢更勤了。后来，村里人有红白喜事要通知九亲六眷，干脆也都让长腿跑去报信。长腿年纪虽不大，但很会说老人话，说得又得体又讨人喜欢。他又是个见面熟，一见面，他就熟了，然后就把那个人也认作自己的亲戚了。在报丧或报喜的时候，他一天要跑很多村子，甚至还要跑到邻县的一些村子。那时候，长腿差不多是同龄孩子中的英雄了。他走的地方最多，认识的人最多，吃的点心也最多，拿的红包也最多——不管是报喜还是报丧，每到一个正亲家，都有一碗点心，都有一个小小的红包。

　　长腿越跑越有劲，整天乐呵呵地跑这儿跑那儿。人都长得跟树一样高了，可还是一天到晚地跑，田里地里的活儿一样也没时间干。更糟糕的是，他的脚板越来越大，到了后来，他甚至买不到合适的鞋子。有人知道一个办法，说是只要给长腿找个女人，成了家，他的脚底就不会发痒，脚板就不会继续长大。

　　可是，不知为什么，长腿一直没有结婚。后来，他成了我们那儿的一个"中间人"（掮客），一个长腿快嘴吃四方饭的人。他什么都懂，牛、羊、猪、番薯、洋芋、藕芋粉，什么都在行，他什么中间人都做。一次次地，他把一个个外乡人带到村里来，做成了一笔又一笔的买卖。他的调停，每一次都能使买卖双方感到满意。买卖成交后，大家就会高高兴兴地坐下来喝酒讲话。酒菜是主人热情招待的，但那些外乡人不知道，长腿早就偷偷地把酒菜钱塞给了在灶间忙碌的女人。

长腿知道很多事情,会唱很多小曲,会讲各样故事。可惜的是,我们很难等到他,他很少在村里,不管是村子还是他的家。对他来说,都像是个凉亭,歇歇脚,他又起程了。

武　生

红　酒

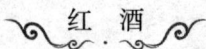

八百里秦川是对关中的俗称，二魁家就在关中一个叫图樵村的地方。

二魁唱秦腔，武生行当，演血性汉子武松，甩个高音儿，穿云裂石，六马仰秣，素有"活武松"之称。

戏外的二魁也不含糊，宽肩蜂腰，相貌堂堂，力气过人。论说二魁在舞台上的扮相唱腔以及做派都是一等一的棒，可有很长一段时间，关中人津津乐道的不是他饰演的活武松，而是另外一件事情。

二魁八岁进戏班子学戏，唱红后，一年回不了几次家。二魁的爹常常在家骂，骂他只顾着醉打蒋门神、景阳冈打老虎，老子还能活几天？回趟家多难似的。

信儿带到后，二魁觉得对不起爹，于是告假回到图樵村。

图樵村的人家不像别的村子那样分布零散，这里所有的院落全坐北面南，很规整地分成上街下街。平时，村里人会在空闲时端着饭碗抽着旱烟聚在外面的老榆树下或者空场地里谝着闲话。上街人仗着地势高能望远，下街有点动静就能看得到；下街的人想招呼上街人，站自家院子里吆喝一声，两家就能亲亲热热对话了。二魁家在下街。

二魁到家已是半下午了，爹打量着神武有加的儿子高兴得合不拢嘴，问东问西，闲话谝了一箩筐。姊子大娘叔伯兄弟街坊四邻挤了一院子，嚷嚷着要听戏，爹眯着眼儿啪嗒啪嗒抽着烟也说唱一段儿。二魁当院站定，唱的是《武松打虎》出场时的一段：老天何苦困英雄，叹豪杰不如蒿蓬。不承望奋云程九万里，只落得沸尘海数千重。好一似浪迹浮踪，也曾遭鱼虾弄。

听戏的人直拍巴掌。爹心满意足地说，听了你小子的戏，我就是今儿脱鞋明儿不穿心也静了。

人散了，二魁让泡老尿憋得难受，就朝后院走去。这时天已擦黑儿，二魁还能听得见上街一群人的说话声。后院不是真的就在后面的院子，图樵人把茅房统称为后院，二魁家的后院其实就在大门前十米远的地方。

话说二魁来到后院，解开裤带酣畅淋漓地刚尿净，就觉得茅房后墙上一道黑影带着股腥味压了下来。二魁本能地回头观看，忽觉喉头一紧，刺痛钻心。狼！二魁被一条在暮色中觅食的狼咬住脖子了。

那些年，关中常闹狼患，三天两头听说谁家的小娃在门楼玩耍，家人离得不远，坐在树下纳着鞋底子，也就是低头的工夫，野狼神不知鬼不觉就蹿了出来，在家人眼皮子底下把孩子拖走了。

如果在旷野中二魁与狼遭遇，交起手来，未必吃亏，多年的武生功底，身手自是不凡。可眼下他被自己褪下的裤子绊住了腿，脖子被这畜生死死咬住，有劲儿不好使。

二魁心里清楚，自己要不反抗，今儿就会成点心葬身狼腹。情急当中，他腾出双手，死死掐住狼脖子，任凭野狼如何拖拽撕甩，二魁就是不松手。钻心的疼痛加上狼口中热乎乎的腥臭味儿几乎让二魁窒息，他横下一条心，不能就这么死了。跟着戏班子经常走南闯北风餐露宿也没觉得不易，偏偏回趟家，给爹唱了段《武松打虎》后就跟野狼干上了，若是性命不保，那段《武松打虎》还真成绝唱了。

一个茅房会有多大地儿？就这样，野狼咬着二魁的脖子，二魁双手卡着狼脖子，裤子缠着脚脖子，露着白花花的屁股，翻着滚着就从茅房里出来了。

上街的人端着饭碗，不是没看到这一幕。这会儿天已黑透，村庄里偶尔也有人提着马灯走夜路，可谁也没想到二魁这会儿正搂着野狼翻滚。上街有人眼尖,吃着饭吃着饭站了起来,看见白花花的东西一闪一闪的,就说,谁家的驴卸了套在打滚儿呀?几个正埋头往嘴里扒饭的老爷们儿都不约而同地站了起来,看风景似的看"驴打滚儿"。二魁被狼咬着脖子,干着急喊不出来。否则,就冲着他那条好嗓子,随便甩个高音儿,图樵村谁听不见?

二魁竭尽全力与狼抗衡,不知过了多久,二魁觉得狼慢慢松口了。他丝毫不敢懈怠,双手拼死用力。"嘎嘣"一声,狼身子一软,挣扎两下后不动了。二魁想喊,也喊了,可他觉得自己的声音没从喉咙里出,而是从脖子上四下挤出。狼把他的气管咬破了,脖子成了个漏斗,到处冒风。他挣扎着站了起来,双手提着裤子,摇摇晃晃地回到家。爹惊呆了,冲到院子里一声吆喝,街坊四邻闻声而来。

好汉二魁盘腿坐在炕上,仰着脖子,东院的三伯正哆哆嗦嗦给他上药。可那白面面药一涂到创面上,"噗"地就被气管里漏的气给吹跑了。二魁说不出话,只是用手朝门外指了又指。有人不解,提着盏灯疑惑地出去查看,"娘啊"一声惊呼——他们发现了那条野狼。

众人七手八脚张罗着连夜把二魁送进医院,有人认出了他,惊讶地说,这不是唱秦腔的"活武松"二魁吗?

图樵村的人说,没错,不过他这次打的是狼,那狼像小牛犊子。

真狼?

真狼!

据说那条狼被图樵村人抬着,敲锣打鼓方圆几十里都显摆了一遍。

二魁伤好后,嗓子坏了,演不了武松。二魁不甘心,他选了衰派老生行当,演过《跑城》里的徐策,做派不错,举手投足却有武松的影子。嗓音不光粗犷,沙哑还带着毛刺,呲啦呲啦钝刀子割人的感觉。有些人就说了:二魁演不活唱做并举的徐策。

说归说,关中的戏迷们还是愿意听二魁唱戏。虽然他扮的是徐策,嗓音也不再穿云裂石,可是戏迷们都说,他还是个武生,那嗓子照样有武生的味儿。

规　矩

侯发山

　　兄弟两个每逢遇到争打不停的事情时,就比赛跑步,以输赢来定夺。久而久之,这似乎成了规矩。在弟弟的印象当中,每次赛跑,哥哥总是跑不过他。

　　记得小时候,有一次临近年关,爹去镇上赶集置办年货,顺便买回一顶新帽子。哥儿俩高兴得不行,争抢着要戴。哥哥说:"我是老大,帽子应该让我戴。"弟弟说:"我是小的,帽子应该归我。"爹把帽子举起来,看看这个,瞧瞧那个,不知道该把帽子给谁。娘埋怨爹,说:"你要买买两个,买一个咋整呢?"爹不自然地嘿嘿一笑,说:"割了肉,买了鞭炮,剩下的钱就只能买一顶帽子了。"弟弟说:"让我和哥赛跑,谁跑得快,帽子就归谁戴。"爹看了看哥哥,哥哥点头同意了。比赛路程就是村头到村尾,不足一千米的路。比赛开始后,哥儿俩都攒足了劲儿像两匹脱缰的野马撒腿就跑。两个人的体力差不多,几乎是一前一后,当然是哥哥在前,弟弟在后。弟弟急了,索性甩掉身上的棉袄,赤着上身跑起来……在别人的惊呼声中,哥哥一愣神的当口儿,弟弟超过了他。弟弟赢了,戴上了新帽子。

　　当哥儿俩长大以后,日子依然好不到哪儿去。哥哥过了三十岁还没找到媳妇儿,爹急,娘也急,花光了家里所有的积蓄,最后托人从四川领回来一个女人。

按照爹和娘的意思，这个四川女人应该给哥哥当媳妇，弟弟还小，以后有的是机会。可是，弟弟不干，非要娶这个女人，甚至和爹闹，和娘吵。弟弟说："我今年已经二十九岁了，再不结婚，过了三十岁更不好找了。"一时间，搞得家里乌烟瘴气，鸡飞狗跳。爹愁眉不展，不住地叹气。娘呢，想起来就掉眼泪，责怪自己没本事，让孩子跟着自己受委屈。

哥哥就建议，兄弟俩赛跑，谁跑得快谁娶这个四川女人。

哥哥比自己大六岁，不一定能跑过自己。弟弟想了想就答应了。既然是哥哥提议的，爹和娘也没啥好说的；再说，不管谁娶，都是他们的媳妇，索性任由两个孩子去折腾。

比赛地点还是村头到村尾。比赛一开始，弟弟就跑到了哥哥的前面。弟弟累得脸色苍白，上气不接下气……等到他跑到终点，累得泥一般瘫到地上，把哥哥甩下了好大一截。

规矩是哥哥立下的，那就按规矩办吧。在一阵《百鸟朝凤》的唢呐和噼里啪啦的鞭炮声中，弟弟当上了新郎官。哥哥跑前跑后地招呼客人，丝毫看不出他的不高兴。爹和娘这才都松了一口气，心里的愧疚减少了几分。

尽管后来富裕了，因为年龄的缘故，哥哥也一直没找下媳妇。

大概是前年吧，娘得了肾衰竭，需要换肾。哥儿俩都很孝顺，争抢着给娘捐肾。医生说，你们兄弟两个先别争，需要配型，只有配型合适才能换。

二十天后，配型结果出来了，哥哥和弟弟都可以给娘换肾。这下，两个人又争开了，都说自己是最合适的人选。弟弟建议，跟哥哥赛跑，说谁跑得快谁给娘捐肾。他想，哥哥每一次赛跑都输了，这次肯定也赢不了。

哥哥沉默了半天，叹口气，点了点头。

比赛场地还是村头到村尾。然而，出乎弟弟的预料，这一次他输了，而且输得很惨。尽管他累得上气不接下气，差点吐血，还是没撵上哥哥。哥哥刚开始落在后面，当跑到三分之一的路程时超过了弟弟，之后一直跑到终点弟弟也没撵上他。

弟弟不甘心，还想跟哥哥争。哥哥说咱哥儿俩不能坏了规矩。弟弟只能眼睁睁地看着哥哥进了病房。他不明白,以往每次赛跑,都是他赢,这次怎么就输了?

病房外,四川女人,也就是弟弟的媳妇,忍不住告诉丈夫,说在这段时间里,哥哥每天半夜都起来跑步!

弟弟瞪大眼睛瞅着自己的女人,恶狠狠地说:"你为啥不早告诉我?你说啊!"说罢挥拳要打她。一旁的爹拦住了他,说:"你知道吗?为了让你娶上媳妇,那一次赛跑,你哥哥是故意输给你的。"

弟弟愣了一下,心里一热,隔着病房的玻璃对着哥哥忘情地叫了一声:"哥!"

生日礼物

侯发山

　　老支书的六十八岁生日快到了,儿子决定买一辆小汽车当作生日礼物送给他。老支书得知后,说什么也不同意。

　　儿子急了,说:"爸,您这么大年纪了,整天骑个摩托跑来跑去,我担心哪。"

　　老支书嘿嘿一笑,说:"我也担心,担心花钱。"

　　儿子说:"爸,咱家办有厂子,家里也有上千万的积蓄,买个小汽车不算啥。"

　　老支书摇摇头,说:"车是有了,可咱村底子薄,花不起油钱,雇不起司机。"

　　儿子说:"爸,我给您掏油钱、雇司机,这下行了吧?"

　　老支书叹口气,说:"不妥,我还是担心。"

　　"爸,您还担心啥?"儿子蹙起眉头。

　　"有了小汽车,我还担心跟大伙儿拉开距离。"老支书说。

　　儿子眨巴着眼睛,似乎不理解父亲的话。

　　老支书解释:"我骑个摩托,和大伙儿打招呼方便,有个啥情况的我也能看到,随时就能停下来处理。如果坐在汽车里,一溜烟就过去了,大伙儿看不到我,日子一长,就生分了。"

儿子不以为然地说:"爸,您不就是个小小的村支书吗,用得着这么上心?"

老支书"啪"地一拍桌子,说:"闭嘴! 既然大伙儿信任我,我就得干好,不上心会中吗?"

四十年前,老支书走马上任,为带领村民摆脱饥饿,克服重重困难,引水上山,使得村里一千亩旱地全部变成了高产田,一时间成了全县学习的标兵。然而,他却累得被切除了一叶肺,在乡领导和家人的反复劝说下,只好辞职了。四年前,上级组织部门在村里进行村委会主任的无候选人公推直选,他以97%的支持率被直选为村委会主任,并以高票再次当选为村党支部书记。他就把自家的厂子交给儿子打理,自己和老伴儿从镇上搬回村里。几年时间,在他的带领下,改造了村道路,修建了农民公寓、健身广场和村幼儿园……

儿子看到父亲生气了,忙说:"爸,我是说您年龄这么大了,肺被切除了一叶,还患有高血压、冠心病、白内障……是台机器也该停下来,修一修了!"

老支书说:"我是个党员,活一天,就不能只顾自己。我给群众干,哪怕把命搭上,我也愿意! 我干一天,就要让村里群众都说共产党好!"

真是好心当成了驴肝肺。儿子生气地去了镇上,一心打理他的厂子,好多天都没有回家。

临近春节,老支书骑个摩托去厂里找儿子,说要请他吃个便饭。

呵呵,日头从西边出来了,儿子心里直犯嘀咕。

吃饭的时候,儿子开玩笑地说:"爸,我请您了多少次? 您是应该请我一次了,您虽是村支书,大小也是个官啊。"

老支书点点头,狡黠一笑说:"我请客,你掏钱。"

父亲的话早在儿子的预料之中,他并没跟父亲计较,刨根问底道:"爸,您自打当了村官后咋就变得恁小气哩?"

老支书叹口气说:"我多花一分钱,为群众办事就得多作一分钱的难哪。"

儿子说:"爸,说句不当说的话,有人当官是往家捞钱,您却把家里钱往外拿,真傻。"

老支书气呼呼地说:"我愿意傻!我是傻给了村里的群众,没有傻给别人。"

儿子看了一眼父亲,又斗胆说道:"爸,您不能这样弄,您把养老钱都花了以后咋办呢?"老支书没好气地说:"花完不是还有你吗,我养你干啥哩?"

儿子尴尬一笑,忙岔开话题说道:"爸,您今天来有啥事?不单单是请我吃饭吧?"

老支书的脸色缓和起来,说今年给老百姓办年货,米、面、油的钱都准备好了,就差买澡票的钱了,想让你赞助一下。

儿子睁大眼睛:"爸,澡票也给群众发啊?"

老支书说:"有的人可能不在乎一张澡票,有的人一年难得洗上一回澡……每人发一张,让大伙儿干干净净过上一个年。"

儿子说:爸,我不是那个意思,是说这么小的事您也操心?"

老支书瞪了儿子一眼:"胡说!群众的事再小也是大事。"

看到父亲如此固执:"自己一说话他就发火,儿子索性闭口不言。"

老支书自顾说道:"当年群众推选咱,咱就不能让老百姓失望。能给群众办大事就办大事,办不成大事办小事……"

"连小事也办不成就说句暖心的话,不能伤了群众的心。"儿子接口说道,一脸的不愉快。父亲这些口头禅他都听烦了。说实话,他心里一直恼父亲。父亲当村干部后,他想把厂子从镇上搬回村里,并说人家咋交费用咱咋交,并承诺比别人多交一万元。父亲不同意,说多交十万元也不中!你交得再多,人家都说咱占便宜,别人交得再少,那是人家应该的。

此刻,看到儿子不满的样子,老支书知道自己上任后,没让他沾光,却没少麻烦他,今天自己有事求他,不能把话说重了,这孩子是头犟驴呢。于是,老支书便缓了一下口气说:"孩子,你不是要给我准备生日礼物吗?"

儿子两眼一亮,忙不迭地点头说:"爸,您要啥直说,我一定满足您!"

老支书狡黠一笑说:"孩子,我这个生日礼物不一般,我打算让村民入股,把咱家的企业变成股份制企业,让大伙共同富裕……"

没等他把话说完,儿子插嘴道:"爸,我正想扩大厂子规模却担心资金不足呢……行,这次我听您的!"

老支书开心地笑了。

补记:2010年1月24日,老支书累倒在村文化大院开业的前一天,再也没有醒来。那一天,嵩邙垂首,河洛呜咽。长歌当哭,万人空巷,全村上千名群众都自发赶来给老支书送行。

老支书就是原河南省巩义市站街镇巴沟村党支部书记张可山。张可山去世后,中共河南省委书记卢展工迅速作出批示,在全省范围内掀起了向老支书张可山学习的活动热潮。

工 分

江 岸

胖嫂不叫胖嫂，胖嫂有名字，但黄泥湾人都叫她胖嫂。胖嫂站起来像一座山，躺下去像一道岭，村里百十口子人全都像饿瘪了的臭虫，没有她这样牯牛一样的体质。

胖嫂是打山外嫁过来的，村里人都慨叹，到底还是人家山外边水肥，看把胖嫂养得多结实，黄泥湾山高水寡，不养人哪！

胖嫂不仅身板很坚实，还性急如火，脾气比男人都大。她嫁过来的那天，头上蒙着红盖头，被两个牵娘搀着胳膊走。刚走出村口，她就一把拽掉红盖头，搡到牵娘怀里，一个人迈开粗腿咚咚往前跑，都跑到抬嫁妆的汉子们前面去了。跑着跑着，眼前的青山绿水让她动了情，她敞开铜锤花脸似的大嗓门儿嚎开了豫剧《小二黑结婚》里小芹的唱段："清凌凌的水来，蓝莹莹的天，小芹我，小芹我洗衣到河边……"

接亲的队伍里有个敲锣的汉子，他使劲掐着嗓子，顺着唱下去："二黑哥哥到县里，去开民兵会，他说是啊，他说是今天转回还，前晌儿我也等啊，后晌儿我也盼，站也站不定，坐也坐不安，背着我的娘来洗衣衫，盼望我的二黑哥哥早点回还……"

整个接亲的队伍都一起大笑起来。

谁家闺女出阁不是悲悲戚戚？为表示难离娘门，都是缓步慢行，生怕踩死了蚂蚁,哪像这个胖女人,真的在娘家憋急了,嫁个人高兴成这样。大家的嘲笑胖嫂没听明白,也跟着一起傻笑。

山高路陡,一个抬嫁妆的汉子矮小瘦弱,走得趔趔趄趄。胖嫂啪地拍了一下他的脑袋,骂了声,熊样儿,一只胳臂把他肩上的扁担接过来,放到自己肩上,悠悠晃晃地抬着走了。

新娘可以在家歇几天不下地,胖嫂嫁过来的第二天扛着锄头就要出门。男人拦住了她,她劈手将他掀到院子外面。

"你咋狗咬吕洞宾,不识好人心呢!"男人耍威风,骂她。

她横眉立眼,还上了:"年底没有工分,你吃屎都没人给你厕。"

黄泥湾都是男人当家,女人只有低眉顺眼地看男人脸色的份儿。刚嫁过来就这样张牙舞爪,不拔拔刺怎么行? 男人火冒三丈地咆哮:"天塌了大个儿顶着,不要你操心。老子让你歇着你就得歇着,少啰唆。"

胖嫂一把拧住男人的耳朵,把他按在地上,狞笑着问他:"你比老娘矮半头,还敢充大个儿? 你是谁的老子? 你说清楚。"

男人斜躺在地上,杀猪一般嚎叫:"我说错了,我说错了还不行吗?"

"不行,你得喊我三声老娘,少一声休想爬起来,胖嫂斩钉截铁地说。"

男人拖延着不喊,胖嫂手头一点点加劲,男人受不了啦,大喊一声:"你是我亲娘还不行吗? 亲娘,亲娘,你放手。"

新婚小两口在家门口干仗,而且是女人压着男人,早晨出工的人都跑过来看热闹。胖嫂冲大伙儿笑笑,松开手,把男人放了。

男人恶狠狠地瞪胖嫂一眼,扭头躲进了院子。

胖嫂抬头在人堆里看见了队长,队长是男人的堂哥,昨夜闹洞房数他鬼点子多,胖嫂认得。胖嫂大咧咧地问:"队长,今儿个男劳力干什么活儿?"

队长说:"新娘子,好样的,要干男人的活儿? 今儿个男人起板田,女人打渣巴。"稻子收割了,要把板结的田地犁开,翻晒泥巴,留待秋后种麦子。这个活儿叫起板田。男人起过的板田,晒得差不多了,女人用锄头把大泥巴块砸碎,叫打渣巴。男人的活儿是力气活,更是技术活儿,女人的活儿是轻便活儿,手头活儿。

胖嫂扔掉锄头,豪气地说:"牛在哪里? 犁在哪里? 俺去起板田。"

队长傻了,一群女人傻了,所有的人都傻了。原来,女人还有会犁田打耙的,了不得!

胖嫂犁田,火候掌握得非常好,犁得不深不浅,而且边边角角都犁到位了。犁深了,生土翻上来,不长庄稼;犁浅了,达不到疏松土地的目的。

收工的时候,一群人跟着队长跑来看,都啧啧称赞,都说,胖嫂起板田比哪个男劳力都干得排场。

胖嫂犁了一天田,干了一天男人的活计。

议工分是每天劳动结束之后必须要走的程序,也是例行公事。大家都知道,男劳力一天十分,女劳力一天八分。多少年都这样,好像天经地义,大家坐在田埂上议一议,就是走个过场。

论到胖嫂了,队长说:"大家说,新娘子多少分?"

生产队老会计慢悠悠地说:"女人嘛,都八分。"

"对,八分。"大家异口同声地说。

胖嫂猛地站起来,质问队长:"男人犁田多少分?"

队长说:"十分。"

"有的男人和女人一起打渣巴,多少分?"

"也是十分。"

"凭什么我八分?"

队长看看老会计,老会计仍旧慢悠悠地说:"打土改那会儿起,俺们黄泥湾就是俺记工分,一直都是这样记的。"

胖嫂气鼓鼓地说:"俺在娘家,就是干男人的活儿,拿男人的工分,俺爹舍不得俺的工分,才一直不同意俺找婆家。怎么你们这里不一样?"

队长说:"多少年的老规矩,不能改!"

胖嫂还想争辩,男人在背后捣捣她,她才垂头不语了。往家走的路上,胖嫂突然哭了,哭得惊天动地,像走失了牛犊的老母牛一样不住气地哞哞叫。

从那以后,胖嫂干生产队的活拈轻怕重了,像个刚下绣楼的千金小姐。大家看她扛个孩娃玩具似的袖珍锄头下地,想笑,又笑不出来。

并不自知水多少

金·昌

　　大学生村官耿自民是杨树庄的村主任助理。助理嘛,说是个村官是个村官,说不是个村官也不是个村官,但时下对委派到村里的大学生就是这么个称呼,耿自民也就不在乎了。可他在乎的是,他所在的这杨树庄,在乡里乃至县里,都是中等靠上的村,农业水平、经济状况、村容村貌、村民生活等方面,均属比上不足,比下有余。因而,村民们纵向比,横向看,心理比较平衡。心理一平衡就矛盾少、问题少、麻缠事情少,工作就好开展,村民就好相处,成绩就好取得。

　　可是,就在耿自民干得顺风顺水、小有成就的时候,上级突然决定,要把他从现在的村,改派到沙窑村。

　　沙窑村是个大村穷村落后村,人多地少村风乱,土地承包这么多年,别的村都富了,改变模样了,沙窑村却依旧贫穷落后,发展缓慢。尤其是村里出了一起从未出过的凶杀案,使该村更是陷入一片混乱。为此,市里专门抽出一名干部担任该村党支部书记,并要求尽快调整村两委班子,稳定村民思想,扭转混乱局面,改变沙窑村的落后面貌。

　　耿自民就是这个时候,被改派到沙窑村的。于是就不愿意,就赌气,就谎称父亲病重,回了老家。

　　顶着火烧火燎的大太阳在地里浇地的老耿,见儿子哭丧着脸回来了,便知必是心里有了疙瘩,遇上难题了。于是边浇地,边探听儿子的心事。待老耿弄清了儿子的气头,便对儿子说:"村里的事,挺不好搞的,你住村一年多了,我想着,不容易。既然回来了,就跟我好好浇浇地,把心里的事静一静。村里的事,是个操心累人的事,看你晒得跟我一个颜色,我就想着,挺苦的。"

儿子说:"吃苦受累我不怕,可是,眼看就要出成绩了,就要有选拔的机会了,却给我换了那么一个烂村子,这不是故意坏我机会,给我好看吗?"

老耿说:"烂村子,才能显本事,说不定是哪个领导,看上了你的啥本事哩。"

儿子说:"我有啥本事嘛,在那个杨树庄,还是下苦劲跟别人学着干的呢,有啥本事嘛。"

老耿说:"那,那你是不是在那个好村待久了,待得怕苦怕累了?"

儿子说:"从小到大,我啥时候怕苦怕累过?我是怕没那个本事,到那儿以后干不好,干砸了,给那个本来就乱的村子,乱上加乱。"

老耿说:"哦,是个理儿。那你就跟我浇地,咱边浇地边好好唠扯唠扯。"

老耿说:"我娶你娘的时候,你爷爷、奶奶都有病,就不敢娶,怕多个负担,多些难处。结果,你娘来了,很能干,帮助我把啥事都扛过来了。你上到中学时,家里难,我只怕你学习好了,考上大学供不起,想让你早点帮我干活儿,谁知你偏偏就考上了……"

老耿说:"家里的事,你是知道的,房子翻盖了,你爷爷的后事料理了,拖拉机、收割机买了,你奶奶的身体也好些了,你也大学毕业了……这么多年,这么多作难事,一宗一宗都挺过去了。"

老耿说:"这人的心胸啊,是被一宗一宗的难事撑大的;这人的本事呀,也是被一宗一宗的难事难大的。我活到现在明白了,这人哪,谁也不知自己的能力有多大。我要是知道能把这么多的困难都扛好,你爷爷还能走那么早吗?塌窟窿欠账也得住院呀!"

老耿说:"你看这口井,是土地承包第二年打的,周遭三百多亩地,每年几遍水,都是它浇的。三十年出头了,抽出多少水呀。这井啊,不知自己的水有多少,要是知道了呀,一下子冒出来,别说这三百多亩地了,就是咱们全村,也全都被它淹完了。"

听了爹的话,耿自民陪爹浇完地,背上行囊,到沙窑村报到去了。

荒芜

乔·迁

老张被儿子从乡下接到城里。

老张的儿子在城里混得不错,买了楼房,接老张到城里,让老张享享福。老张高高兴兴地跟儿子进了城。

进了城的老张没高兴几天就郁闷了。不是儿子儿媳对他不好,不好能接他进城吗?也不是他们看不惯他多年养成的习惯——饭前便后不洗手,晚上不洗脸不刷牙就上床——而是老张自个儿郁闷了。儿子问郁闷的老张:"爹,咋了?哪儿不舒服?"老张一声叹息:"没不舒服。"儿子就笑:"没不舒服你愁眉苦脸唉声叹气的。"老张就又一声叹息:"这城里有什么好啊?哪儿都硬邦邦的,连地气都接不上。"儿子就笑:"这就是城市与农村的区别。都像咱屯子那样,一下雨到处是泥水,走路都难。"老张说:"走人的道硬着就行了呗,那不走人的地面咋也都硬上了。连点泥土味儿都没有。"儿子就解释说:"干净嘛!你想闻泥土的味,楼下不是有花池子吗?"老张就哼了一声:"那也叫泥土?砖头水泥圈起来巴掌大的一块地儿,况且,哪有一朵花啊?净是杂草。"儿子说:"这院子是大家的,不是自家的,谁肯花钱种花啊?这楼区现在还没物业,花池子不荒着还能咋的?"

老张眼睛就一亮说:"那我收拾收拾种点菜行不?"

儿子一愣,犹犹豫豫地说:"应该行吧。"

老张立刻下楼，手脚并用，片刻就把杂草清除干净了。又去买了一把小铲子，细细地把泥土翻了一遍，从楼上拎水浇透了。阴干了一下，就去买了小白菜、水萝卜的种子。

老张热火朝天忙碌着的时候，很多住户都围了过来，看老张忙碌，有些惊奇，问老张做什么。老张乐呵呵地说："种菜。"住户们一怔，摇着头笑，冲着老张儿子住的楼层指指点点，嘀嘀咕咕的。老张听不清他们说什么，也朝儿子住的楼层看。儿子在阳台上看到住户们指指点点，就在阳台上冲老张喊："爹，你上来吧！"老张回应道："快了，这就种完了。"儿子的声音就高了起来："爹，你快上来吧！"老张嘴上应着"完了，完了"，手上仍不停地忙乎。儿子很快出现在老张面前，拽起老张说："上楼吧，吃饭了。"老张拍了拍手说："都种下了。用不了几天，这菜就出来了。"儿子拽老张的手劲儿很大，几乎是把老张拖上了楼。老张不高兴地说："你用那么大的劲儿拽我干什么？"儿子说："失误啊！我不该让你在花池子里种菜。"老张说："失误什么啊？我在花池子种菜怎么了？荒着也是荒着，我还能有点事干，要不闷死我了。"儿子就苦笑说："你没看那些人指指点点的吗？"老张说："看到了，他们嘀咕什么呀？也听不清。""还能嘀咕什么？指定是说我和你儿媳妇对你不好，不给你买菜吃，逼你去种菜。""什么？他们怎么能这么想呢？不行，我得下去跟他们说一说。"老张气得就要往下走，儿子一把拽住他："别去了，你去说，他们又该以为是我逼着你去跟他们解释的呢，你儿子儿媳在他们眼中可就成恶男刁妇了。"老张直跺脚："怎么能这样呢？他们怎么能这么想呢？这可咋办哪？"儿子叹口气说："别再下去看你种的菜了，别管了，不浇水也长不出来的。"老张就十分痛苦地说了一句："不管了，不能让你们受屈。"

老张没想到种的菜自己不管了，老天爷倒是"管"上了，一天一场小雨，他种的小白菜、水萝卜很滋润地冒出了头，蓬勃地生长起来。一看菜苗都出来了，老张坐不住了，偷偷地下楼，侍弄起来。在老张的侍弄下，花池子里的小白菜、水萝卜长得葱绿一片，老张的心情也郁郁葱葱的。

花池子里的菜可以吃了，老张在楼下晃荡了一天，告诉每一个进门出门的住户:"要吃小菜就薅啊!"可他们都只对老张笑笑,没有人去薅菜。老张就很郁闷地上了楼。

儿子回来了。儿子的手绿绿的,沾满了菜汁。儿子的脸青青的,没有一丝好声气。老张看看儿子的手,又看看儿子的脸,跑到阳台上往下看,就看到花池子里的小白菜、水萝卜都被薅了出来,它们鲜嫩的身躯支离破碎,惨不忍睹。老张的心口猛地被撞击了一下,痛痛的。老张转回头看着儿子问道:"他们又说什么了?我让他们吃菜随便薅的啊!"儿子气急败坏地冲老张喊了一句:"这花池子是大家的,不是咱们家的菜园子。"老张的心里轰然一声,抹了一把脸说:"还是荒着好。荒着,人心就都不慌了!"

复仇

刘会然

　　复仇的种子萌发于一次纷争,纷争的原因是村口那块宅基地。风水先生说这是秧村顶尖的宅基地,谁家能在上面建上房子,谁家就能连续富过五代。

　　宅基地只有一块,眼馋的人却有一村。可大家心里亮着,在秧村,真正有实力夺取这块宅基地的其实只有两家:水酒家、苦柳家。水酒家在秧村开了片小卖铺,多年下来,积蓄溢钵,是村里的首富。任何世道,有钱就有力量,水酒对宅基地垂涎是有道理的。苦柳家的财富没法和水酒家比,但苦柳家族人多,同胞兄弟就有七个,在村里是仗势欺人,一般人谁敢去惹?如今,纷争一触即发。水酒仗钱势,赶忙把一块木桩竖在宅基地里。苦柳仗人势,不甘落后,也竖了一块。水酒用钱买了一窑砖,放置地上。苦柳全家去河里捡几板车的鹅卵石,也堆在地上。那天,水酒喝了一点水酒。那天,苦柳受了老婆一顿苦骂。在宅基地上,他们像两只红眼公牛,干上了。在秧村,两个男人单挑,旁人是不好插手的。水酒和苦柳身子骨相似,打了半天不分高下。水酒大喝一声:"谁帮我打苦柳每人赏钱若干。"苦柳说:"谁敢动我苦柳一根毫毛,灭他三代。"架还是他们两个在打。断断续续打到黄昏也没有分出输赢。水酒说:"今天放过你这小子,等我儿子来收拾你。"苦柳说:"今天放过你这小子,等我儿子来收拾你。"此时,水酒的儿子来宝和苦柳的儿子来富手牵手在人群中看热闹，他们都为精彩的打斗场面鼓掌叫好。那时来宝和来富只有五岁，都是家里的独苗。可第二天，他们都被狠心的父亲送往习武的圣地。来宝去少林寺，来富上武当山。十年过去了，水酒和苦柳每次见面都会说同样一句话："等我儿子回来后看他如何收拾你！"又十年过去了，水酒和苦柳的儿子都如约归来。现在来宝和来富都二十五岁了。两人骨架如虎，形体似豹。复仇是肯定的，否则送他们出去二十年干什么？秧村人一直都在渴望这场提前预告了二十年的动作大片。

太阳刚刚升起，打斗的大幕就开启了。地点就是在那块早已荒芜、野草肆虐的宅基地。水酒和苦柳稳坐在木板凳上督战。村人把两对父子里三层外三层裹了起来。打斗再也不像二十年前水酒和苦柳的那些搂抱的土招式了。两位习武之人打得有板有眼，有招有式。腾似飞鹰，挪是大象，移如脱兔，转似田鼠。旋风阵阵，碎草飞扬。围观的村人助威喝彩声不绝于耳。双方势均力敌，难分伯仲。水酒和苦柳暗暗叫苦，这样鏖战下去，非落得个他们当年的下场不可。水酒骂了一声："狗崽子，给我狠点，打死他！"苦柳吼了一句："兔崽子，使出绝招，降服他。"水酒和苦柳都站起来呐喊。水酒骂道："你个狗崽子，今天不赢，我颜面何在？"苦柳吼道："你个兔崽子，今天不赢，我撞墙而死。"从日出斗到日落，众人还是没有看出输赢的迹象。村人喝彩助威声渐渐零落，他们都感叹道："除了一些花哨动作，和二十年前那场打斗一样，没有输赢。"村人心灰意冷，有人蠢蠢欲动，准备退场了。水酒和苦柳面色如猴腚。水酒愤怒了，准备跨上去帮儿子一把。苦柳恼怒了，准备跳过去助儿子一手。这时，人群中迸发了一声铁器划破长空似的惨叫，只见来宝以一记迅雷不及掩耳的重掌击打在来富的胸口，刹那，来富的飞腿也落在了来宝的胸口。两人各自朝空中喷射猩红的血后笔直倒地。在夕阳的照耀下，血痕宛如两道交错的艳丽彩虹。旁人赶紧搭脉、按人中。可遗憾的是，两命顷刻全毙。人群叹息一片。此时的水酒和苦柳像两柄枯叶，随风摇曳。

相隔二十年的两场打斗都是平局，不同的是，二十年前的人依然活着，二十年后的人一同归天。二十年的期待换来的只是一幕悲剧。一块宅基地竟然让两个年轻的后生付出了血的代价。断子绝孙的水酒和苦柳,还有资格谈什么富过五代?白发人哭黑发人,是人间最大的不幸啊。来宝和来富的尸首就安置在宅基地上,两个近六十岁的人哭得老泪横飞,暗无天日。二十年的恩怨随着来宝来富的去世烟消云散。水酒和苦柳都想到把他们的儿子安葬在这块宅基地上。这次他们不再争执了。活人住不了就让他们俩去住吧,水酒和苦柳此时才想到了一块儿。第二天清晨,秧村人听到宅基地上有打斗的声音。村人吓得不敢出门。水酒和苦柳却奔向宅基地。擦亮昏花的老眼,他们看到来宝和来富在继续打斗,不,是在切磋武艺。是的,来宝和来富没有那么容易死。两个练了二十年武功的年轻人都使用了闭气功,欺骗了他们的父亲罢了。水酒和苦柳都以为自己在梦中,他们相拥而泣。此时,来宝和来富他们切磋得更是龙飞凤舞、光彩炫目,打得清晨的太阳都一蹦一跳往上蹿。水酒和苦柳击掌叫好,掌声惊飞了休憩在宅基地草丛中的一对白鹭。

后来,据秧村人说,水酒家和苦柳家在宅基地上合建了一幢大宅院,两家人和和睦睦,成了秧村世世代代睦邻友好的楷模。

哥 俩

海 华

　　葛鹏和丛刚同年同月同日生,后又同年同月同日上的学,平日,无论是学习,还是玩耍,作为邻居的他俩几乎形影不离。在咱村里一提起他俩,好些人都笑称,姓葛的打个喷嚏,姓丛的准得感冒,他俩不是哥俩胜似哥俩。

　　说来真巧,那年夏天,这哥俩都高考落榜,一起回村务农。在村里待了半年多,他俩相约外出打工。一年后,他俩同时应征入伍。退伍后不久,又先后当了村委会的干部。

　　后来,神差鬼使,这哥俩几乎同时喜欢上村花桂妹,两人言语间尽管不时流露出谦让之意,可暗地里则互相较劲。五短身材的葛鹏颇有心计,除与桂妹频繁接触外,还巧用迂回、包抄等战术,经常出入桂妹家,很快讨得桂妹父母的欢心,最终与桂妹结成连理。高大威猛的丛刚虽有些憋屈,但想起往日的情谊,还是强装笑脸喝了葛鹏和桂妹的喜酒。打那时起,丛刚从心坎里隐隐觉得,似乎与葛鹏有了一道看不见的裂痕。

　　一晃,两个春秋过去,老村主任退了。为了竞选村主任,这哥俩终于撕破了脸皮。葛鹏棋高一着,常去镇里走动,又私下给了几个自然村的村民小组一些好处,几个回合下来,葛鹏胜出。败走麦城的丛刚虽然升任唯一的副主任,可一想到葛鹏,内心深处常涌起一阵莫名的苦涩、无奈乃至嫉恨:是啊,为啥好事总归他呢?

上任后，这哥俩都喜欢把"要互相补台，咱哥俩谁跟谁呀"当作口头禅，却少不了用"防人之心不可无"的古训提醒自己，因而，隔三岔五，哥俩必有一次口角，往往非弄个脸红脖子粗不可。用粤东农民的话来说，这哥俩就像过年贴错了的门神。

也许是冤家路窄，有一年元宵节过后，某工厂来村里招工，丛刚的侄子起初内定榜上有名。后来，阴差阳错，其侄子的名额却被葛鹏的一位远房亲戚取代。葛鹏再三向丛刚解释，其侄子是被厂方来人换掉的。但丛刚始终怀疑是葛鹏从中做了手脚。此后，这哥俩的矛盾更是有增无减。

丛刚想，吃一堑，长一智。咱也不是吃素的。再说，他姓葛的虽猴精猴精的，可也有比较贪婪的软肋。咱就不信他老是赢家。

一个风雨交加之夜，丛刚叩开了葛鹏的家门。看着满身酒气的丛刚，葛鹏以为是找碴儿来了，正要发问，丛刚却先开了腔："上个月，投资几个亿的度假区等大项目相继落户，邻近几个村的数百亩山坡地已成为大工地，咱村里那百余亩山坡地也即将征用，到时接待费什么的都有啦。"

见葛鹏原本铁板似的脸庞泛起些许血色，丛刚暗忖：看来，葛鹏已心有所动了。于是，又似不经意地暗示道："我暗访过了，邻村都有截留征地补偿款的做法。这种事就怕没人带头。"说完，丛刚佯装头痛，晃晃悠悠地走了。

果然，村里那百余亩山坡地很快被征用，数百万元征地补偿款陆续到了村委会的账上。几天后，葛鹏找到丛刚，压低声音把如何截留征地补偿款一五一十地说了一通。得，姓葛的快要上钩了。琢磨了十来分钟，丛刚眉头一展，嘴角一咧，不置可否地"嗯"了一声。

一天傍晚，葛鹏悄然登门，将六万元塞给丛刚，说："咱哥俩一样，财务阿娇两万，权当征地的辛苦费。"丛刚心中窃喜，旋即又似笑非笑地说："这……恐怕不合适吧？"

葛鹏又是拍胸脯，又是指天发誓："咱哥俩谁跟谁呀！只要把账做好，咱哥俩不言，阿娇不语，准保没事。"丛刚半推半就地把钱收下，内心偷偷乐了："这回该他兜着走。"

终于有一天,一辆警车呼啸着先到镇政府后又进了村。三天后,当县检察机关的调查组人员以贪污征地补偿款数额较大的罪名,将葛鹏和阿娇带走时,葛鹏蒙了:"丛刚咋就没事呢?"后来,他才如梦初醒:原来,丛刚把葛鹏给的六万元,当晚就连同一盒录音带如数上交给镇委纪检委员了。

一个镇级篮球队的兴衰

海 华

为了创建体育强镇，篮球运动基础较好的泰山镇，终于下决心组建一个"泰山篮球队"，并夸下海口："一年拿下县冠军，两年夺得市冠军，三年勇夺省冠军，为全镇人民争光。"

消息传开，镇里好些群众哑然失笑，不少网民猛拍砖：一个镇级篮球队，三年拿下省冠军？吹吧！

吹什么吹？本是篮球爱好者的镇委书记和镇长言出必行，仗着镇里有钱，在本镇精选四名尖子，从省体校毕业生中特招五名篮球高手，花重金从外省"挖"来三名省级篮球队主力队员，高薪聘来国家篮球队退役的教练当教练，曾经是县篮球队主力队员的镇党委委员蓝柯兼职当领队。同时，相应制定了一系列激励和保障措施。紧接着，紧锣密鼓地进行封闭式高强度训练……

果然，三个寒暑过去，泰山篮球队如期登上全省篮球锦标赛的冠军宝座。队员们人均奖金十万元。泰山篮球队登报纸、上电视……一年后，泰山镇终于拿到了全省体育强镇的牌匾。

然而，让队员们感到压力日渐加重的是，镇委书记和镇长明确要求篮球队要争取二连冠、三连冠，再为全镇人民争光，并猛拍胸脯：每卫冕成功一次，人均奖金增加十万元。

兴许是有志者事竟成吧，一晃几年过去，泰山篮球队如愿以偿，夺得二连冠、三连冠。队员们人均奖金三十万。不久，泰山镇从京城扛回了全国体育先进镇的金牌。领队蓝柯荣升为副镇长，队员们入党的入党，评劳模的评劳模……镇府拨出专款，为队员们实行免费医疗，增加生活补贴……

有人说，喜极生忧。蓝柯和教练有些担忧：现如今球队已处于巅峰状态，可没准镇领导啥时候脑袋瓜一热，又加压呢？

真是哪壶不开提哪壶，又过了一年，镇委书记高升，镇长接任书记。新书记和新镇长上任一个月后，双双看望篮球队，又提出要继续为全镇人民争光，争取四连冠，并郑重承诺：届时人均奖金翻番。临别时，扔下一句话："可别给我们俩丢脸哟。"

不知是压力太大，还是那六十万元奖金太有诱惑力了，这回从封闭式训练一开始，队员们经常吃不香、睡不宁——实现四连冠谈何容易啊？这些年来，队员年龄老化，满身伤痕，打法上又无啥新招。更让蓝柯和教练揪心的是，实现三连冠时，已是仅以一分的优势险胜的。

冬去春来，又一届全省篮球锦标赛开锣，泰山篮球队首战居然败走麦城，之后又输得一塌糊涂。镇委书记打电话把蓝柯骂得狗血淋头。蓝柯则暗自叫苦：活见鬼了，队员们天天闹失眠，骂顶屁用！结果，半个月的鏖战一鸣金，泰山篮球队竟无缘进入前三名。返程的前一天下午，蓝柯突然接到镇党政办副主任小韦的电话。小韦不冷不热地说："镇领导叫你们明天买票坐班车回来，班车时间记得发个短信通知我。"

"为啥？"队员们不停地问蓝柯。"为啥？如此惨败，还想让镇里像前几回那样派专人专车来接？做梦吧！"蓝柯有气无力地说。

第二天下午，当队员们坐班车回到镇车站，一个个呆若木鸡——以往那种镇领导亲自带队、人山人海、红旗招展、锣鼓喧天的热闹场面已成幻影，书记、镇长也无踪影，唯有小韦一人朝着几步开外那数十位青年男女拼命地挥手："去去去……"

见队员们都下了车，小韦不紧不慢地迎上前去，悄声向蓝柯解释："镇领导都很忙,叫我做代表了。那些青年男女不知是从哪里冒出来的,你们别在意。"队员们顺着小韦的手势望过去,只见那些青年男女大多手中拿着白旗子,上面画着各种怪异的图案:有的像只鸭蛋,有的像倒竖着的手指,有的像王八……另有十四人举着的黄色旗子上竟画着棺材。

瞅着这些利剑般的图案,队员们的脸变成了猪肝色。少顷,那些青年男女又阴阳怪气地直嚷嚷:"热烈欢迎为全镇人民丢尽了脸的扯白旗篮球队归来!""还是尽早散了吧,从哪里来滚回哪里去,别在咱这儿丢人现眼喽!""司机同志应该把他们送到镇卫生院的太平间里去。"

这些钢刀似的话语,直插队员们的五脏六腑。他们的嘴角剧烈地抽搐着,双手不停地颤抖着……突然,蓝柯脸色煞白,昏倒在地。

清明带雪

刘正权

清明带雪,谷雨带霜!

世新早上起床时,见天色有点晦暗,就回过头冲媳妇说:"该不是要下雪了吧? 快起来!"

媳妇是新娶上黑王寨的,揉了揉眼说:"都二月尾了,还下雪? 说胡话吧你!"

"胡话? 三月还下桃花雪呢,那一年,雪粒将桃花全打落了呢,你是没见过,漫天的白里裹着漫天的红,天地都成水红色了!"世新抬眼望着窗户,窗帘是水红色的,眼下天一暗,成暗红了。媳妇汪着水红色的脸蛋兴奋起来:"真有那景致吗,你们黑王寨?"

世新不高兴了,说:"啥叫你们黑王寨,眼下你嫁给我了,就该说我们黑王寨,不然叫爹听见了,多生分!"

"瞧瞧,一句话而已,搞得人五人六的,你爹你爹,当我没爹啊?"媳妇话没落音,爹的咳嗽声就在堂屋里响起来,爹说:"世新你赶紧点,天要落雪了,下山去买几刀纸!"

"买纸做啥?"媳妇小声嘀咕着问世新。

"这不是清明节要到了吗?"世新边穿衣服边说,"买纸做清明吊子上坟用啊!"

"可我听说上清明坟前十天不为早,后十天不为迟啊,非得瞅个阴天去买纸?"媳妇也想赶集,但她不喜欢阴天去赶集,天阴,心就开朗不起来。

世新怔了一下,冲外面说:"爹,要不改天吧,天落雪时不能上清明坟的!"

"要落也只能落雨,书上说过,清明时节雨纷纷!"爹说完这句话后咳嗽声像被掐断了似的,一下子没了。

世新被媳妇又拽回被窝,春困秋乏呢,眼下正好睡回笼觉!媳妇拽世新时还俏皮地学了一句黑王寨老话,说:"回笼觉,二房妻,这可是你们男人八百年遇不着的美事!"世新就美美地啃了媳妇一口,笑:"你说的啊,将来我找了二房妻你不许生气!"

"就你那药罐子爹供家里,还二房妻,等下辈子吧!"媳妇奚落了一句,两人就缩进被窝里了。

太阳升到半天云时,世新憋不住尿了才起的床,四处一看,院子里居然没了爹的身影。

莫不是爹下山赶集去了?世新往爹房里探了探头,果然爹的黄挎包没了,爹出门喜欢背个黄挎包,这是早年当民办教师时的习惯。

爹的习惯一堆一堆的,都被咳嗽给淹没了,就剩下最后一点之乎者也的书生意气没被淹没。可惜,没人喜欢他这显山露水的之乎者也习气,包括世新,他唯一的儿子。

爹是正午时分赶回来的,天开了一些,还是有云。爹回来了也不说话,开始裁纸,黄的紫的白的三种颜色,白色居多,爹喜欢自己做清明吊子。世新皱了皱眉头,说:"买一个,又简单又好看,费那工夫值吗?"

爹慢条斯理地裁着纸,说:"这不是值不值的问题,这是对祖宗的一份心!"

世新撇撇嘴:"祖宗远在另一个世界,能看见?"

爹不裁纸了,停下手,拿眼剜了一下世新,说:"祖宗虽远,祭祀不可不诚,你没听说过?"

世新不撅嘴了，他知道再说下去，爹会骂他听妇言，乖骨肉，不是丈夫！

见世新低下头，爹又专心做他的事，做完吊子，还得包福钱，郑重其事地把香和烛都用托盘装了，敬祖宗嘛就得有敬的样子。

完了，爹冲世新努努嘴，说："走吧！"

世新冲自己房子里望了一眼，说："要不要带上她？"

爹迟疑了一下，说："你不是说她有了吗？怀孕的女人是不能磕头敬祖宗的！"

这讲究，世新知道，世新犹豫了一下，想张口，没张开，就随了爹去北坡崖。

北坡崖上的坟多，像黑王寨多出的一个村落，世新的爷爷奶奶和娘都埋在崖上面的麦田中，活着是一家人，死了还是一家人，多少有个照应！黑王寨人一向这么以为的。

爹把步子迈得很谨慎，世新则大大咧咧把脚伸进麦田，爹忽然火了，爹说："昆虫草木，犹不可伤，亏你还上过高中！"

世新脚趔趄了一下，爹今天说话有点伤人呐，咋的啦？

到了坟前，爹开始把托盘里的东西一份一份分匀。爷爷奶奶那两份，爹不让世新插手，爹说上辈不管下辈人，爷爷奶奶是我的事，你只把你娘给侍候好了就行。

世新不会侍候，就看爹。

爹折了一根枝条插坟上，把彩纸剪成的吊子挂上去，有风吹过，纸条哗哗作响。爹跪下来，撑开衣裳挡风，点火纸，烧福钱和香。看一页页火纸化成灰蝴蝶飞上半空，爹就响了鞭，一地红的白的碎纸屑漫上坟头。爹虔诚地跪下磕头，一个，又一个，再一个，很庄重。

完了，爹坐在爷爷和奶奶坟中间，慢条斯理点燃一根烟。

世新问："就这么着？"

爹说："不这么着能怎么着？"

世新就过去，给娘上坟，挂清明吊子，响鞭磕头。

磕完了,回头看爹,爷爷奶奶坟头的白纸吊子一张张舞开,把爹的头裹得平平实实的,只见白,那白压得世新喘不过气来。自打娘过世后,爹明显老了呢!

世新忽然想和爹说几句话,世新走过去,挨着爹坐下。世新说:"爹你告诉我,清明为啥叫清明,不叫别的节呢?"

爹把头上飞过来的白纸条掀开,说:"不浊为清,不迷为明,谓之清明!清明是一条纽带呢,老祖宗通过这种方式告诉我们,人活着,最重要的是要不浊不迷,做什么事,祖宗都在另一个世界里看着呢!"

世新不敢抬头望娘的坟了,娘一定望着他呢,他咋那么浊那么迷呢?为哄媳妇开心竟跟爹撒谎说媳妇怀了孕,真的愧对娘于泥土间对自己透出的无处不在的关询啊!

这么一愣神的工夫,雪忽然就落了,很轻很轻的雪花竟把世新心里砸得很疼很疼!

让我看看你的刀

崔 立

对刘小绺,赵英俊一向是很不屑的。一小屁孩,屁大本事没有,却整天牛得不得了。你算个鸟啊。

刘小绺是小镇上的混混儿,十七八岁初中毕业,就不上学了。整天在巴掌大的小镇上晃悠,一会儿晃到东头,一会儿又晃到西头。

赵英俊在小镇上开了家小超市,规模不大,生意倒不错。生意一好,有人就眼馋了。也不知刘小绺是中了哪门子邪,居然一个人兴冲冲地跑到赵英俊面前说要收保护费,还掏出一把短短的匕首,说如果不给,就让它白刀子进红刀子出。

赵英俊笑了,笑着展示他虎背熊腰的体魄,很不屑地瞪了眼明显营养不良的刘小绺,说:"有本事把刀刺过来啊。"赵英俊边说还边拍打着他那坚实的胸膛。刘小绺真的是有些慌了,搞得不像是收保护费的人,倒像是他被人收保护费一样,面对着赵英俊冷峻的表情,脚不自觉地抖了起来。就这么僵持了半天,赵英俊怒骂一声:"滚!"刘小绺就如逢大赦一样,撒开腿像个骡子似的疯狂而逃。

有一天,刘小绺腰板子硬起来了,刘小绺找到大哥了——同样是这个小镇上的混混儿,混了三五年混成了大混混儿的李大傻。李大傻长得不傻,是人傻,脑子转不过弯来。但李大傻有气力,吼一声,别人都怕。

　　刘小绺跟在李大傻身后,开始耀武扬威起来。赵英俊看着就冷笑。多年之前,李大傻就被他骗过一次。李大傻根本不是他的对手。

　　李大傻见了赵英俊叫俊哥,叫得刘小绺傻眼了。刘小绺对李大傻所有的崇拜顿时都滚到了九霄云外。李大傻还重重地甩了刘小绺一巴掌,说:"你这王八蛋,你连俊哥都敢得罪啊。"刘小绺吃了打,半天没吭声,只狠狠地瞪了赵英俊一眼,然后很是冷漠地离去。

　　刘小绺回去后居然扬言,要先拿李大傻开刀,再杀赵英俊。

　　刘小绺的话,让赵英俊想笑。你是谁啊?你要能杀了李大傻,估计太阳也得从西边出来了。赵英俊知道,李大傻是傻,但李大傻的身体行,即便三五个刘小绺,也不是李大傻的对手。可刘小绺不这么看。刘小绺整天拿着他那把短短的匕首,不时在赵英俊的小超市门口跑来跑去。赵英俊戏耍刘小绺,说:"让我看看你的刀吧。"

　　刘小绺冷冷地看着赵英俊,说:"你放心,等刀上有了李大傻的血,我一定会让你看的。"

　　有一天,刘小绺满脸挑衅地告诉赵英俊:离李大傻的死期不远了,今天是倒计时第七天。"赵英俊冷笑着看着刘小绺,倒真想看看他能耍出什么花招来。

　　之后每天,刘小绺都会跑到赵英俊跟前说,今天是倒计时第六天、第五天……到第三天时,赵英俊发现刘小绺以前那把短短的匕首不见了,换了一把长刀。那刀在阳光下能放射出刺眼的冷峻光芒。

　　赵英俊觉得不得不防,就去找了李大傻。李大傻玩牌正玩到兴头上。李大傻嘴里叼着一根烟,说:"俊哥,那家伙胡吹吹而已,怕他做啥? 即便他有刀,瞧他那身板,能是我对手吗?"

　　赵英俊一想也对,就回了。

　　可等刘小绺次日一早来报倒计时第二天时,赵英俊隐隐还是有一些不安。到晚上时,赵英俊拨了李大傻的电话,却只听到关机的声音。

　　到那一天,赵英俊还真找不到李大傻了,电话一直关着。问了许多人,都说,有一天没见李大傻了。赵英俊有些蒙了,赵英俊想到了一句俗语:"狗急了也会跳墙。"

然后，赵英俊果真看到了刘小绺，还看到刘小绺手上那把长刀上凝固着的血迹。看得出来，这血，刚凝固不久。赵英俊有些慌了，说："你……你真把李大傻给杀了？"

"怎么，你不信？"刘小绺冷冷地看着赵英俊，边说边朝赵英俊晃了晃那把还沾着血腥味的刀。

刘小绺还说："怎么样？给钱吧。"

"给钱？为什么要给钱？"赵英俊愣了。

"别忘了，是你激我杀他的。那么多镇上的人都看到听到的。"刘小绺很冷静地看着赵英俊，"我现在要逃，可我没钱。如果我被抓了，我是主犯，你是从犯。"

赵英俊有些傻眼了。赵英俊颤抖着手，翻出当天收到的现金，足足有两千多块钱。刘小绺手一张，就都收进了裤兜。刘小绺还说，"我祈祷吧，但愿我不会被抓住。"

赵英俊坐在超市门口，脸都白了，想，如果刘小绺被抓住，一交代，这从犯至少也得关个十年二十年吧。赵英俊也想到了逃，可能逃到哪儿呢。

哭丧着脸坐了半天，赵英俊远远看到一个长得挺像李大傻的男人走来。赵英俊想，不会是李大傻的冤魂来找自己报仇吧。

赵英俊想躲，可脚不听使唤，怎么也动不了。李大傻很快就近前了，看着赵英俊居然微笑着叫了声："俊哥。"看这情形，也不像鬼啊。

李大傻身上满是酒气。赵英俊说："你没出事？"

李大傻摇了摇头说："没事，我能有啥事啊？"李大傻想起了什么似的，说："你是说刘小绺想杀我的事吧？"李大傻笑了，说："这家伙都向我道歉了，昨晚还特意请我喝酒吃狗肉。这不，我刚睡醒。这家伙连狗都不敢杀，还是我帮他杀的呢。"

赵英俊明白了，自己不用被关个十年二十年了。赵英俊如释重负。

可一会儿，赵英俊脸色又变了。赵英俊想起了那被骗的两千多块钱，心疼啊。

绝活儿

梅 寒

七月的清晨,寨子背倚的东山头刚刚冒出半边红日头,福生老人已经在院子里忙活开了。扯开墙角竹帘子上的白色塑料布,一帘白花花的羊毛带着一股浓烈的膻气扑面而来。福生俯下身,将那双关节粗大的手轻轻抄进羊毛里,抓一把,在手上轻轻地摩挲:"嗯,差不多了。"

那天是福生擀毡的日子。这将是福生擀的第多少条毡子,福生也记不清了。可这仍然挡不住他的兴奋。福生皱纹纵横的老脸上挂着一种过节般的喜庆。

福生家祖辈都是擀毡人,福生的父亲,福生的爷爷,福生的爷爷的爷爷……将这门看似简单实则复杂的传统手艺留传下来,传到福生手上,更是被他发挥得淋漓尽致。福生自小生得心灵手巧,八岁就跟着父亲学擀毡,十二岁已经擀制出自己生命中第一条毡子,二十多岁时已是远近闻名的擀毡人。

福生的父辈们擀的多是白色的素毡,偶尔有点花样儿,也不过是加进一些极简单的图案线条。福生擀毡就不一样了,他的心里存储了上百种图案,什么人适合用什么图案,什么场合需要什么图案,他心里都清楚得很:老人家用南山不老松,大姑娘出嫁用鸳鸯戏水,小孩子们用就擀鲤鱼跳龙门……那些图案不是从画书上照样子搬过来的,是从福生的心里流出来的,别人想仿都仿不来。那些图案,就是福生家毡子的商标。

如此美丽又实用的毡子,该需要怎样复杂的工具与烦琐的工序才能制作完成? 看过福生擀毡的人一定会大吃一惊。一把弹弓,一张竹帘,竟然就是福生擀毡的全部工具。弹弓用来均匀羊毛,竹帘用来铺平羊毛,除此之外,最主要的工序就是脚踩手揉。而那些五彩缤纷的美丽图案,竟然也是福生用一双大手一点点揉到毡子里去的。一床一米五宽的毡子,福生一个人要整整忙活上六天才能制作完成。那样一床毡子拿到市场上,可以给福生换回三四百元的收入。对于那样的价格,福生很是满足。

福生满足的生活,儿子却不满足。福生的儿子长到十六岁,福生要教儿子擀毡,儿子"切"一声就扭身走开了——他可不愿意像父亲一样终年生活在大山里,面对一帘子羊毛,又踩又揉弄一身臭汗,最后还赚不了几个钱。儿子到外面打工闯天下去了。

那个七月的上午,福生擀毡特别卖力,黑亮的脑门儿上很快就浮出一层豆大的汗珠子。福生低头,弯腰,那些汗珠子就"啪嗒啪嗒"掉落到他面前未擀成的毡子上。儿子就要回来了,还要带回他在外谈的女朋友。

福生的儿子到家了,身后跟着一个娇小妖娆的姑娘。

福生抖抖索索将那床富贵牡丹的毡子捧到儿子和姑娘面前时,两个年轻人的眼睛立马大放光彩:"哇,太漂亮啦……"

福生咧开嘴笑了:"兔崽子,剪毛、选毛、晒毛、染毛,你爹可整整忙活了半个月呢。你们喜欢就好。"

"我们当然喜欢了,还有人更喜欢呢。这次,我们回来就为这事儿……我们厂长听说您的擀毡绝活儿,要出大价钱请您老过去。您再不用这么辛苦擀毡了,挣的钱得是现在的几倍几十倍……"儿子这次回家的真正意图就在这里,他是替那位广东老板请自己的老爹的。一床毡子在国内卖几百元,一出国,身价立马翻着跟头往上蹿。"我们老板说,若能批量生产,利润可是相当可观,你去只当技术指导就行……"

儿子越说越兴奋,福生的脸色却慢慢由晴转阴:"用机器制毡子? 唰唰唰，一千条一万条毡子都长一个模样。那还是毡子吗？你老爹的毡子，一床是一床，每一床在这个世上都独一无二。"

福生坚决不跟儿子前往。儿子好劝歹劝，福生就是不松口。

最后，儿子带着年轻姑娘气哼哼地走了。凭一身的绝活儿却挣不来一份好生活，儿子无论如何也理解不了自己古怪的老爹。

福生不怪儿子，年轻人有年轻人的想法，正如他福生有他福生的坚守。他还在大山里头的小村里生活，用最简陋的工具，擀制出美丽又结实的毡子，再把那些毡子拿到镇子上去卖，换回简单又必需的生活用品。福生觉得这样的日子踏实。

那床福生费了半月工夫才擀制出来的彩毡，儿子没带。

福生将它平平整整地铺展在儿子睡过的床上，等儿子回来。

锦绣的天空

戚富岗

有一对夫妻经营一家绣坊。

妻子的手艺很精湛。她的绣品上飘飞的云彩总让人遐想到仙女的曼舞,火红的花朵常常吸引来成群的蜻蜓和蝴蝶,碧绿的小河里能清晰地望见水底的鱼儿在畅游。

有一天妻子问丈夫:"这世界像锦绣一样天蓝蓝、花艳艳、水清清吗?"

丈夫说:"是的,如你的锦绣一样美丽。"

妻子说:"那么乡下的吴妈买了我们的绣品,都好多年了,为什么还不来还银子呢?"

"那是她嫁出三个女儿时买的,我们去找她的女儿吧。"丈夫说。

他们坐着马车首先找到了吴妈的大女儿。吴妈的大女儿态度很不好。她说:"银子我倒是有,可东西压根就不是我买的,我怎么能揽这档子事呢?"

妻子的心里稍稍有些不是滋味。

丈夫说:"别灰心,我们再去找吴妈的二女儿吧。"

"好像我出阁时是有那么一件绣品,不过我可没留意,有没有那么一件绣品又有什么关系呢? 至于它是从哪儿来的——是买张家的还是李家的、是别人送的还是路上捡的还是它自己飞来的,还真记不起来了。"吴妈的二女儿很不高兴。

从吴妈的二女儿家出来,妻子的脸上和天空一样布满了乌云。

"别难过!我们还可以去找吴妈的三女儿嘛。"丈夫说。

他们就又坐上了马车。

"有这回事,当时我妈买东西时,碰巧手上没有银子,是前街的大壮做的担保。"吴妈的三女儿记得很清楚。

"是的,是这样的。"妻子说。

可前街的大壮去年已经得急病去世了,这事还从哪儿说起呢?

早晨他们从家里出发的时候太阳才刚露脸,现在太阳已经完全隐到山那边了。除了颠簸劳累和难听的话语以外,他们没有别的收获。

"吴妈嫁第一个女儿赊绣品的时候,说很快就能还钱,我们信了她。到了第二次拿绣品的时候还是欠着,信誓旦旦地保证要一起把银子还上,我们也信了。嫁第三个女儿时她又来赊绣品,还找了人做担保,说就算她还不上,不还有她的三个女儿吗?还能亏了这几个小钱不成?可她们怎么这样呢?"妻子拨了拨灯芯,捏起针准备接着绣美丽的白云、红花和小河,却叹了口气把针搁在了丝巾上。她的心情糟糕到了极点。

丈夫说:"别伤心!过几天我们直接去找吴妈。"

那天,天不亮他们就坐上了马车。

见着吴妈的时候,太阳的缕缕金丝已经把大地装扮得光灿灿的。

吴妈已经老得不成样子了,腿脚行动起来都不太方便,看起来挺穷苦的,屋子里的米缸已经快见着底了。

妻子悄悄对丈夫说:"走吧,就别提绣品的事了,把我们的散碎银子再给她一些也行。"

吴妈却站起来拉住了他们,从床上拽出来一个包袱,一层一层地解开。吴妈说:"可把你们盼来了,这些年你们怎么就不来呢?绣品的事一直在我的心里惦记着,压得我怪难受的。没啥挣钱的本事了,就每天从三餐饭里挤出来一些,不过总算是攒够了。压在枕头下面有些日子了,从没敢乱动过……"

走出吴妈家的篱笆院的时候,妻子下意识地仰脸看了一眼天空,和她一针一线绣出来的一样美丽。

瞅着马车远去的背影,吴妈嘟囔了一句:"这男人真是有毛病,自己拿银子给我再让我给他的妻子,还非让演这么一出。"

一 现

袁炳发

女老师名叫刘丽娟,是我们这个镇上的小学女老师。

女老师是我家邻居,住在我家东院,我们两家中间只隔着一道板障子。

当时,我也就是十五六岁的样子,总喜欢在夏日的阳光里,坐在自家院内的小凳子上,看东院女老师在自家院子里洗衣服,然后站起来往晾衣绳上搭衣服。女老师刘丽娟搭衣服时,阳光照耀下的那张脸很是漂亮。女老师见我看她,便朝我笑笑。我就像做错了一件什么事,顿时不好意思地低下头。

女老师长得漂亮,这并不只是我说,镇子上的人们也都这么说,夸她的脸形和个头,很像当时热剧《红灯记》里的李铁梅。

那时的我情窦初开,对美丽的女性充满神奇的向往,当时就想,长大后一定要找一个像女老师刘丽娟一样的女人当老婆。

有一次,我又看女老师洗衣服,女老师又是笑笑,站起来走到障子前唤我的乳名:"小小,过来下。"

我红着脸,心怦怦跳着走到障子前。

女老师问:"小小,你喜欢看婶婶,对吧?"

我回答说:"是的。婶婶漂亮,我长大后要找像婶婶这么漂亮的女人做老婆。"

女老师听后，颤着肩笑，然后把手从障子缝隙间伸过来，拍着我的头说："想找漂亮的老婆，就得好好学习。有出息了，漂亮的女孩才会嫁给你。"

我好奇地问："那你家高叔（高叔是女老师的丈夫，在镇上派出所当民警）上学时学习一定好，是吧？"

女老师听后，立即没了刚才的笑容，说："他是一个大草包，就知道天天喝酒。"

我又好奇地问："那你这么漂亮，怎么会嫁给一个大草包？"

女老师想了想说："你还小，好多事你不懂。"

说完，就又走回去，坐在阳光里，开始洗衣服。

不知从哪天开始，东院的女老师家总是半夜吵架，我经常被摔东西的声音惊醒。有一次吵得太厉害，母亲只好半夜过去劝架。

母亲过去一会儿后，东院女老师家争吵的声音才停了下来。

又过了一会儿，母亲返回来，脱衣躺下。

这时，我听见父亲问母亲："怎么总吵？因为什么？"

母亲说："还不是夫妻那点儿事。天天喝酒到半夜，回来就要做那事。如果是你，你干啊？"

父亲叹息一声，再没语。

有一年暑假刚开学，女老师刘丽娟就被校长突然宣布：从这学期开始，她不再是任课的班主任语文老师，改为体育课老师了。

大凡不傻的人，都知道这是被贬。

刘丽娟学校的老师说："校长早就垂涎刘丽娟的美貌，一天中午，和来学校检查工作的县教委领导喝完酒后，校长就把刘丽娟叫到他的办公室。刘丽娟进到校长办公室一会儿后，就红着脸跑出来了，还喊了一句，领导怎么能和流氓一样！"

刘丽娟被贬为体育老师，显然是当时刘丽娟没有依顺校长的要求。

从此，镇上的人开始敬佩刘丽娟。

镇上的男人给自己的老婆敲警钟时常说："告诉你，学一学人家刘丽娟。"

距女老师刘丽娟被骚扰事件一年后，更大的一件事又发生在刘丽娟身上。

刘丽娟竟然和镇上的一个卖豆芽的相好了，并被"豆芽"的老婆堵到了屋里的床上。

镇上的人听后，都瞠目结舌。

豆芽的老婆，还把刘丽娟的乳罩挂在学校操场上的篮球架子上，以示证据，让人信服。

一天晚上临睡前，就听见母亲和父亲叨咕道："这刘丽娟也是怪，校长追她她不干，却跟了卖豆芽的，丢人不？"

父亲说："这叫个性。感情上的事说不清。也难为了刘丽娟，听人说，他家那个高民警，到乡下办案子时，都用水舀子喝酒，一喝就是一水舀子，一水舀子二斤酒啊！那玩意儿早喝废了。"

母亲叹息了一声，再没语。

第二天，女老师刘丽娟，在自己的家里自缢身亡了。

她丈夫高民警在给刘丽娟烧头七纸那天，叩头发誓：戒酒！

在我叙述这个故事的时候，当年那个稚嫩的十五六岁的少年，现如今已经是五十多岁，把世事看得都很开的年龄了，但却时常在心里缅怀那位年轻漂亮的女老师刘丽娟。

如果刘丽娟现在活着，该是近七十岁的人了。

想来，岁月如弹指，悄然而过。

四　眼

秦　俑

　　Q村穷,村里人都想往外奔。老人们说:"是因为村上只有一口井,井少,留不住人。"于是就请来打井队,在村东桥头选了个地方,打了一口新井。也怪,新井刚打好,村里就来了个外地人:姓陈,戴眼镜,大家都唤他"陈四眼"。

　　听说四眼是长江边上长大的,家里遭了洪灾,父母妻儿都没了。他水性好,漂了六七天,最后被救了下来。四眼到了Q村,不想再流浪了,便在山里人的帮助下,安了个家。这四眼是个好人,平时喜欢喝上几盅,醉了便吹,吹自己水性好。有人打趣他:"四眼你戴着俩玻璃片儿,能在水里游上几天?"四眼就急着分辩:"年轻时眼睛尖得很,是那回给水泡的。"不过,四眼这人不比山里人,一起处久了,有人就暗地里嘀咕:这四眼,鬼精鬼精的!

　　Q村添了新井,老井那边还是很热闹。这老井的水,甜,怪凉怪凉的,与别处不同。这一天,几个姑娘媳妇照例来洗衣挑水,看到井里好像有个什么东西,一闪一闪地晃人的眼。几个人议论着,是不是出了什么宝物。这消息像是长了翅膀,引得村里老老少少的都来瞧稀奇。

　　村主任冬生也到了,他围着井转了一圈,说:"这井,少说也几百年了,从没断过水,也见不着底儿。这井水也凉得怪,说不准咱Q村还真有个什么宝呢。"有人提议说:"何不叫四眼到井底看个究竟。"旁边的人就起哄:"这四眼是水里头泡大的，说不准还真行。"冬生考虑到 Q 村没有会水的，就使人去叫四眼。

四眼到了。他朝井里看去，那耀眼的光晃得他忙用手遮了眼睛。又看了一会儿，四眼突然哑然失笑，后来几乎就笑得喘不过气来。冬生给笑蒙了，便说："先甭笑，掂量一下，能不能泅到井底？"四眼这才止住笑，说："泅井底是容易，可这井里哪有什么宝物？是我不小心掉落的一个酒瓶儿呢。"井边的人都屏住呼吸，听四眼解释。四眼从人群中拉出五麻子，问："还记得不？昨晚我在你店里赊了一瓶二锅头。"五麻子说："记得。"四眼又笑，笑过后接着说："昨晚从五麻子店里一路喝着酒回家，到老井边已醉了八九分，一不小心，那酒瓶失手就掉到了井里，瓶里还剩下小半瓶酒呢。"有人在一边说："四眼你又瞎吹了，这酒瓶儿掉井底也不发光啊。"四眼不紧不慢地说："这你就不懂了，酒瓶儿自己不会发光，可这太阳光照到酒瓶儿上，它会反光啊。"众人便抬头看天上挂着的太阳，这太阳光还真的灼人的眼。于是大伙儿互相嬉笑着，散了。村主任冬生叹了口气，说："我就奇怪，咱 Q 村穷山恶水的，哪里就有宝了？"

第二天，太阳刚刚露脸，有户人家的姑娘照例来井边挑水。幽幽的井里像漂着个人，直唬得她落了魂似的，老半天才丢了水桶去叫人。一圈人又围到老井边，几个胆大的想法将人弄了上来。这人早断了气，脸也泡得变了样，仔细一辨，却是四眼。

冬生觉得蹊跷，便叫人从邻村借来几部抽水机，一字儿排开了抽水。等水见了底，抽水机仍不停工作，就用绳索吊了两个人下去。上来后，冬生问这俩人："井底可有什么东西？"两人说："没呢，就一个石头底儿。"冬生又问："也没见一个酒瓶儿，二锅头的？"俩人都摇头："也没。"倒是后来，在清理四眼的遗物时，有人在四眼床头发现了一个酒瓶，二锅头的，瓶里还剩下大半瓶酒。

老井淹了人，自然就没再见人去老井挑水，井里也没再出现什么发光的还晃人眼的东西。有时乡里乡亲的闲聊，无意间提起四眼，总有人会长叹一声，说："Q 村从没淹过人，想不到第一个淹死的，会是这能泅水的四眼。"

桃 子

宋以柱

　　桃子是一个乡下女孩,打小就手脚勤快。村里的叔叔婶子见了就说:"桃子长得可真好看,手脚可真勤快,跟你娘说说,给俺做闺女吧。"桃子便红了脸,贴着墙根跑了。

　　桃子八岁那年上了小学一年级,第一学期就拿回家一张奖状,评上了三好学生。没等第二学期开学,桃子有了一个弟弟。爹对桃子说:"别上学了,帮你娘看弟弟吧。"桃子是一个听话的闺女,就不读书了,一门心思哄弟弟,学着烧水、喂牲畜、做饭。桃子喜欢大眼睛的弟弟,春夏秋冬都让他趴在自己瘦弱的背上。弟弟长了能耐,用小手撕桃子的头发,弄坏了桃子的小发卡,桃子也不恼。不小心,弟弟磕破了手脚,不等爹娘怪罪,桃子就心疼得一颗一颗掉眼泪。桃子还给弟弟唱歌、讲故事,常常让弟弟簇起腮上的两块肉露出白白的乳牙咯咯地笑。桃子对弟弟说得最多的是:"小弟弟快快长,长大当个状元郎。"

　　弟弟会走了。弟弟能跑了。桃子就带弟弟到地里帮忙,牵着弟弟的手去送饭、刨地、挑粪、收庄稼。婶子说:"桃子肯定能找个好婆家。"桃子十一岁上,跟娘学做女红。尤其擅长刺绣。院子里春上栽的月季花,刚刚开出两朵羞涩的小花,桃子就学到了娘的本领。桃子手里的鸟能飞、鱼能游,让娘也觉得惊讶。上了学的女伴常找她学刺绣,叽叽喳喳地讲学校的老师和同学。看到背书、写作业的女伴，桃子才发现自己绣的"天长地久"、"相亲相爱"，都是女伴们帮忙写上的。桃子就常常让针扎了手，绣成的鞋垫上常常有一颗红红的太阳。再干农活儿，就撑撑打打的，开始顶撞爹娘。娘心细，迁就着委屈的桃子。爹喝了酒对桃子发火："长本事了你。"

桃子就哭。

弟弟叫小宝。小宝进学堂的时候，桃子已长满了身子，透明的肌肤，碎白的牙齿。走起路来袅袅婷婷。爹娘年轻，地里的农活不用桃子帮也行。桃子便跟着建筑队干小工，推小车，拌水泥，往大工手里递砖头、石块。包工头是城里人，要桃子去陪人吃饭，桃子不去，被人撵回来，一春一夏的工钱没给。桃子还是勤快地干活儿，忙完春秋的农活儿，和婶子一块给镇里的工艺美术品厂刺绣，月初领任务月底交，质量合格，计件领钱。桃子的产品还没有一件次品。钱都给了娘，爹喝酒抽烟，小宝交学费，还有余。

小宝到镇上读初中的那年秋上，桃子到镇上的工艺美术品厂干了临时工，是厂里点名要的。厂里说好好干，能转成合同工，有养老保险、医疗保险，和读了大学下来的正式工一样。桃子的工资不高，给娘一点，自己还留一点，买点女孩常用的东西，买件换季节的衣服。倒是弟弟小宝老找桃子要钱，有时一个月两三次。十块八块，三十二十，桃子都给，每次都说："弟啊，除了买本子、笔，剩下的都买吃的，啊。"白白胖胖的小宝扬扬手，蹬上车子就走。

刚到厂里半年，厂办公室李秘书喜欢上了桃子。李秘书是个大学生，一毕业就坐办公室，还会写诗。原来有个大学生女朋友，分到了县城里，两人就不来往了。桃子敬佩文化人，就和小李接触了几次。到桃子歇班时，小李就用摩托车载了漂亮的桃子，去县城公园，看电影，有一次还带桃子回家见了爹妈。"桃子和小李指定成了。"厂里的领导、同事都这么认为。两人却突然不来往了，是桃子提出来分手的，任凭小李怎么磨，桃子都不答应。桃子对她婶子说："人家是大学生，自己没学几个字，只怕将来吃亏，受委屈。"

桃子在厂里干了两年，被清退回家了。半年的工资没拿到。桃子回家的那年秋天,读初三的弟弟小宝因为拦路抢劫进了管教所。桃子听到消息,先是呆呆地坐那儿,后来撕心裂肺地哭了半天,谁也劝不住,邻居都知道桃子是心疼弟弟。桃子哭完了,连夜做了一双鞋垫,跑几百里路去看弟弟。

两只鞋垫上只有两颗鲜红的太阳,没有一个字。其实,桃子已经会写不少字了。

小偷老徐

刘立勤

夜深人静的时候,老徐又行动了。

老徐是个小偷,每到夜深人静的时候,他都要出去工作。别人看见他家里日渐富裕的摆设,很是羡慕,可老徐自己知道,小偷是一件风险大也非常辛苦的工作。老徐多次想收手,可是收手了又干什么呢?种地,不仅劳累,也不挣钱;打工,辛苦不说,还有危险。老徐思谋良久,觉得还是小偷安逸。既然做小偷安逸,那就继续做吧。

老徐从事这个工作已经有些时日了,很有一套偷东西的心得。比如说偷粮食,偷水果,偷树木,那些简直不值得一提,只要是个人都会,甚至连畜生都会,老徐是不屑于那些事情的。偷那些不刺激,还不值钱,真是没意思。老徐喜欢偷那些值钱的东西。农村值钱的东西有些啥?比如鸡呀,猪呀,牛呀,房梁上的腊肉呀,老徐都喜欢。

老徐喜欢偷鸡。鸡个头小,吃起来也香。不过鸡不好偷,偷东西最容易暴露的时候就是偷鸡。因为鸡胆小怕黑,夜晚的黑手伸进鸡窝时,鸡就会大叫不已,那时候危险就来临了。老徐偷鸡不这样,老徐偷鸡时会拿一个手电,到了鸡舍,往鸡眼睛一照,害怕黑暗的鸡以为小偷给自己带来了光明,自己可以弃暗投明了,高兴得"咯咯"一笑,随后钻进身后的布袋。照一只抓一只,片刻工夫,那袋子就满了。待到主人发现鸡没了的时候,那鸡早已经变成了钱钻进老徐的衣兜，或者成了一道美味，幸福了老徐的生活。

老徐不喜欢偷猪。猪大，偷起来费力气。不过猪好出手能挣大钱，老徐还是偷。老徐总结了偷猪的办法：老徐偷猪的时候，会用剩饭拌几片安眠药，先送进猪圈让猪吃。猪贪睡，半碗剩饭吃完就会安静地睡了，老徐捞起猪的两条前腿，背起猪，就像背着他醉酒的兄弟，欢快地就走了。老徐虽然有偷猪的办法，可是他更喜欢偷腊肉。乡村里杀了猪，喜欢熏腊肉，而熏腊肉最好是在石板房里。石板房又多建在正房后面的坡根，熏肉的石板房固然小心上锁，老徐会掀开房顶上的石板，一次就把腊肉偷完了。

老徐最喜欢的是偷牛。牛值钱呀！一头牛咋的也能卖个三五千块钱，抵得上乡长两三个月的工资呢。牛是大牲口，大家都看得紧，主人还养有狗，很难得手。不过，这也难不倒老徐。老徐偷牛的时候，会先对付狗。一般的狗都好吃，老徐偷牛的时候，会给狗带一点吃的东西，而吃的东西都是用酒拌过的。狗没有酒量，狗吃了用酒拌过的东西，片刻工夫就醉了，醉了就忘记了自己的使命，看着老徐欢快地把牛赶走了。老徐偶尔也有失手的时候，就是那狗有些酒量，吃得半醉不醒癫癫狂狂，老徐就什么事情都干不成。

老徐尽管有这么多得意事迹，可这些都是不为人所知的，因为老徐偷东西从来都是在外村，本村子是没人知道的。而本村人知道的最有名的小偷是村主任。

村主任是个老村主任了，多少年来他把国家的、集体的、个人的东西，想着法子往回弄。他虽不是小偷，可谁都说他是最大的小偷。因此，全村里日子过得最好的就是村主任，他不仅有一院子房，还有用不完的钱，就连那媳妇也是全村里最好的。可是，村主任还是不满意，还是不住地偷。他不仅偷东西，他还偷人，也就是把别人的女人偷偷变成自己的情人。每每听到村里人咒骂村主任的时候，老徐也骂。骂完了，老徐就想把村主任家也偷一回。村主任家看得可紧了，院墙高大不说，还喂了一条大狼狗。不过，这些也算不得什么，只要老徐想偷。

这些真的不算什么。院墙嘛,有一截绳子就行了;狗嘛,用半斤酒泡半斤肉也对付了。老徐就进了村主任的家。村主任家真的好呀,虽没有鸡呀猪呀牛的,可啥子都值钱,老徐转了半天不知如何下手。就在老徐为难的当儿,他发现一扇窗户的背后有一双闪闪发光的东西。仔细一看,是一双漂亮的迷人的眼睛。老徐身子一抖,脚却不由自主转到房子的门口。这时,门已开了,老徐进得门去,就把那全村最好的女人拥进了怀里。

后来呢,后来村主任的女人就嫁给了老徐。老徐真是得意呀,偷了多少年的东西,没想到会偷一个女人回来,而且是全村最好的女人。那个女人真是好,每到老徐夜里想出去行动了,她就会依偎在老徐的怀里一动不动的。待到老徐实在忍不住要出门了,她就会用漂亮的迷人的眼睛冲着老徐笑。以至于老徐走出门外走出村子了,身后一直背着一双漂亮的迷人的眼睛。背着那双眼睛,老徐什么都做不成了。

可是,老徐实在是习惯了夜里在外面行走。虽然不偷东西了,他几乎每天都在外面走走。就这么走着,谁想到老徐竟然捉到了两个小偷。有了这个收获,老徐把自己偷东西的习惯,改成了捉小偷。

现在呢,老徐已经是村主任了。村主任的事情多,可老徐的习惯没有变,每天夜里都会绕着村子转一圈。于是,我们那个村子再也没有遇上过小偷,家家户户安安宁宁。每天夜里享受着这份安宁,人们都会想到老徐,想到老徐那个漂亮的女人,想到老徐女人那双漂亮又迷人的眼睛,满心是欢喜和羡慕。

水鬼江老大

刘立勤

　　江老大喜欢打鱼。那时候旬河的水大,鱼也多,河岸上的人农闲了划着小船撒网网鱼,或者用鱼叉叉鱼,都会有不少的收获。而江老大仗着水性好,总是空手下河,赤身入水,片刻就见一条又一条的大鱼快乐地飞落在岸边的草窝里。

　　江老大还喜欢捉鳖。鳖生得比鱼笨,可鳖比鱼狡猾。鱼可以钓,可以用网子捞,网鳖不行,钓鳖也难。鳖必须用叉子叉。而江老大捉鳖不用叉,而是用草鞋。他看见鳖在河里游玩的时候,慢悠悠地脱下脚上的草鞋,拴一截麻绳,在草鞋里放一块小石头,然后把草鞋抛进水里。片刻工夫,他拉动麻绳,那鳖就抱着麻绳高高兴兴出了水。

　　江老大还会闭气功。闭气功是什么?闭气功就是在水里可以不用换气。江老大可以待一炷香的时间,我是亲眼见过的。

　　记得那是一个夕阳西下的时刻,我们一边在旬河大桥上享受清凉,一边听大人讲解江老大的传奇故事。这时,公社的武装部部长背着一支枪来了。武装部部长是个不服人的主儿,当他听说江老大有闭气功以后,"咔嚓"一声,随手从背上的枪膛里退出一粒子弹,顺手丢进桥下的深潭里。他说:"江老大,你不是有闭气功吗?你有本事下去把这颗子弹找回来。"武装部长真不是省油的灯,那么大的潭,水又那么深,不用说是子弹,就是把枪丢进去,江老大也不一定找得回来。我们都怨恨武装部部长太刻薄,可江老大也不答话,纵身一跃就跳进了桥下的深潭。

那潭有多大呀,比我们半个镇子都要大;水有多深呢,大人们也说不出来。不过那里真是一个危险的地方,每年都有想不开事情的女人在那里寻死,一去一个准儿。所以,我们小孩子很少到那里去玩,嫌那里晦气,更嫌那里危险。那么一个晦气又危险的地方,谁知道江老大还会不会出来呢?

一炷香都烧完了,还不见江老大出来,人们都慌了,武装部部长也急得直冒汗。大人们冲着深潭喊了几声,急忙忙活起来。水性好的就跳进深潭寻找江老大,水性不好的就驾着船到潭的出水口计划捞尸。江老大家里已经传出了哭声。也就在这时,江老大跃出了水面,他不仅嘴里含着那枚金光闪亮的子弹,怀里还抱着一条扁担长的大鱼。真是稀奇得不得了。人们赞叹之余,就骂他是水鬼。

江老大有了这么大的本领,自然靠他的本领过起了好日子。一条鱼可以换一升苞谷,一只鳖也能换一斤油,多余的鱼鳖还能换来更多急需的东西。

不过,那时候的鱼鳖水产不怎么受欢迎,他也就是满足自己的口腹之欲。江老大发财的时候,就是上游下暴雨涨洪水的时候。上游下暴雨涨洪水就会有房子被冲、牲口圈舍被毁,洪水携带着檩条椽子家具器皿以及猪呀羊呀顺路而下,江老大就成了浪里白条张顺,驾着木筏在浪里翻滚,十分洒脱。一时三刻,岸边就有了盖房子的檩条椽子,也有了装粮食的柜子吃饭的桌子,羊圈猪圈里也有了别人养肥了的猪羊。留足自己用的,剩下的都换了钱。有了钱什么都有了,江老大的日子美得不得了。江老大的钱来得虽然不怎么那个,可终究是凭他的本事,人们倒也蛮敬重他。

可是,后来的一件事,让人们都看不起他了。

事情依然是发生在上游下暴雨发洪水的时候。那水真大,大水不仅冲毁了上游的土地,冲毁了房子、猪羊的圈舍,洪水还卷走了人。江老大呢,依然在水里忙活着发财。发就发吧,谁让人家有本事呢。可是,江老大硬是让钱迷上了眼睛，在洪水里遇上了人，他都不救。任凭岸上的人怎么吆喝，他都不去。待到他赶着一头牛靠岸，人们问他怎么不救人时，他说那人已经死了。死了？死了也是人呀，也应该捞起来呀。可是他没有捞。自此，人们再也看不起江老大了。虽然他有一身的本领，人们觉得他没有人性。他呢，不管不顾，遇上上游下暴雨发洪水的时候，依然捞檩条捞椽子，依然捞猪捞羊，就是不捞人。

于是，就有人当面骂他要遭报应。江老大依然我行我素。

后来，江老大果然遭了报应。

那一年，旬河的水太大，河岸边好多的良田和房子都被洪水冲毁了，也有人被卷进了水里。部队还派出武警协助老百姓抢救财产，救援落水人员。而江老大呢，依然在浪里翻滚，捞檩条捞椽子，依然捞桌子柜子，依然捞猪捞羊。那一场洪水真的很大，虽然有武警帮助群众打捞物品，江老大从上游捞到下游，那一天里，他还是高兴地捞了很多很多东西。不过，那天夜晚，当他高兴地从下游赶回家时，他找不着自己的房子了。那水真的是太大了，河水竟然进了旬河镇。那水也真是奇怪，涌进镇子独独冲走了江老大的家。江老大几十年从水里打捞积攒的家业片刻就让水收回去了。待到江老大从河里回来，他的家连地皮都不见了。

后来呢，江老大竟然十分害怕旬河，每次一到河边就禁不住双腿打战，接着小便失禁。再后来，江老大一家就搬到远离旬河的山顶上去了。他知道，旬河河水清澈，容不下他卑劣的行径。

第一次吃冰棍

郑兢业

黄天毒日头下有人卖冰棍，这是八岁那年闯入我生活中的童话故事。在此之前，我认识的冰棍，都是老天的专利产品——冬天里化雪时房檐底下垂挂的晶莹透亮、上粗下细的冰凌橛子。

县城里的商贩不辞五十里之遥，骑着自行车，后面驮着个小白木箱，在烈日炎炎的六月来到乡间。一声"冰棍——五分一根"的高喊，让枝头的蝉们也陡然住了嘴，惊诧地谛听这新奇的福音。

自幼生活在豫中平原穷乡僻壤的孩子们，哪知夏日里有冰棍的奇事？只要卖冰棍的一进村，便成群结队地跟在后面，听着美妙的吆喝，做着吃"一棍"的美梦。我这个口腹功能发达的家伙，自然是最热烈的冰棍崇拜者。从进村到离村，我们像忠诚的护卫队保护国王，紧紧地簇拥着卖冰棍者。也仅仅是"簇拥"，谁也没有五分钱，即使是有这笔巨款，也舍不得去买据大人说是"吃了不攒粪的东西"。虽说没有吃到冰棍，能在浑身冒汗时，听到"冰棍"二字，耳朵凉快一下，也算三生有幸了。

村上第一个走进"夏日童话"的人，是赵寡妇的独生子狗蛋。他用二斤眼泪淹晕了母亲勤俭持家的光荣传统，使他荣耀地成为首开吃冰棍先河者。我和二十几个小伙伴敬畏地围着他，争先恐后地向他打听冰棍的滋味。他舔着活动的门牙——他正值"八岁八退奶牙"，很慷慨地把冰棍的滋味惠赠给我们："别问了,我牙都快甜掉了,肚子里凉快得跟下雪一样。"

我挠着大受诱惑的耳朵,极力挽留住欲离我而去的馋涎,暗暗立下壮志:十年之内,非吃到一根冰棍不可。倘若当时有人问我:有一个王位和一根冰棍,可自择其一,你做何取舍? 我会不眨眼地选择后者。

冰棍颠覆了我生活平静的那个夏日。六月二十日,是母亲的生日。我家人过生日,其隆重纪念的级别都是一样的:每个人都是两个煮鸡蛋——给旧的一岁画上"句号",新的一岁从"零"开始。在那个时期,我所有美好期望的指向,总离不开过春节时的几片肥猪肉,和生日那天的两个煮鸡蛋。一次,我皱着哲人般的眉头问妈:"人一辈子能活多少年?"她担忧地审视我良久才说:"多则七八十岁。"

其实,妈不该浪费那么严肃认真的目光,我并没有思考生命的玄机,我只是想估算一下,我这一生能吃到多少个鸡蛋。当时我有个祈愿:要把剩下的七十多个生日,天天连着过就好了,吃完一百四十个鸡蛋,也就死而无憾了。

从我记事起,妈就没给自己认真过过生日,她狠不下心一天吃掉两个鸡蛋。两个鸡蛋的用途非同小可,可以拿它换盐,换作业本,换妈夜里照着她为儿女缝补衣衫的灯油……

我们几个孩子强烈要求妈实实在在地过一回生日。最后,妈来了个折中:答应吃一个鸡蛋。巧得很,或者不巧得很,那天,我病了。头痛。我真不该那天有病,我真切地感到,除了母亲,全家人一致认为我称病是个大阴谋,连一向待人极为宽厚的姐,也向我投来冷箭一样的目光。照常理,一个人病了,是该得到他人的关爱与同情的。我病了为啥令家人如此难以容忍? 这都是屁股上的蒺藜——自己作(坐)的。平时,我爱逃学,信手拈来的理由是头痛、肚胀、腿酸。不过,今天犯众怒,不是因为我逃学的老伎俩,而是对我可耻的馋劲难以饶恕——都认为我是对母亲那个生日鸡蛋觊觎才闹病的。我承认,平日里,我是家里馋嘴和说谎的拔尖儿人才,可今天真的是"狼来了"。

妈没追问我是真病假病，她把那个鸡蛋放在我的床头就下田锄地去了。

虽说真的头痛，但牙并不痛，用不了多大周折，我就能把鸡蛋报销掉。可我没有，我不能，我不时去舔一舔那鸡蛋，马上又放到心口，用我脆弱的良心，保卫着鸡蛋的完整。

日近中午，听到一声"冰棍——五分"的叫卖，我如勇士忽闻冲锋号角，一骨碌从床上爬起，"肚子里像下雪一样"的美景，强烈地诱惑了我。我暗自发誓：今天一定得吃到冰棍！

钱呢？天下事难不倒嘴馋的孩子。一个冰棍五分，一个鸡蛋也是五分，虽然"门当户对"，但不能"直接通婚"，我先跑到村代销店，把熟蛋充生蛋卖了，又马不停蹄，用五分硬币，买了那渴望已久的美梦。我像处子第一次欲浴爱河，小手颤抖着去解冰棍的"衣裳"——那层蜡纸一打开，我竟毅然地又裹上了。今天是母亲的生日，这"甜掉牙"的幸福，应该母亲先尝。

我又在冰棍外包上一层麻叶，再脱掉身上的褂子裹了一层，赤着光背，奔跑到田野寻找母亲。要不是抱着一个激动心怀的美梦，我真能热晕过去。

在离家一里外的李家坟找到母亲，我故弄玄虚，让妈先闭上眼，我要猛然给她一个意外的惊喜。我一层层剥开"包装"，心兔欢跳得差点撞断了肋骨。当我抖开最后的蜡纸，天啊，我傻眼了，展现在我面前的，是美梦消失后的废墟：冰棍去世了，只剩下一个小小的竹签，粗布褂子浸湿了一片……

我向妈妈讲了冰棍的来历，她听得那样开心，嘴角的笑意抚平了鱼尾纹。

在如伞的松荫下，我坐在妈妈怀里，坚持让妈先吃"冰棍"。她吮了一口小竹签，咂吧咂吧嘴，发自内心地惊叹着："真凉，真甜！"她又笑着递给我，我舔舔凉意犹存的竹签，感觉是那般甜美！母子俩深情地传来递去，互赠着心中的爱……

时间之河冲走了许多往事的尘沙，那根有"棍"无"冰"的"冰棍"，至今珍存于我心中。

石 牛

郑上弦

　　一踏上去云南的旅途，我就暗击心鼓：开学后的第一天，就赶紧找机会给同学说说，在这个暑假里，我在玉龙雪山下做了几场好梦，再亮亮在丽江古城买了多少小玉佩，肯定赚来"哇"声一片。然而，当我听过纳西族老爷爷讲述"对牛弹琴"的故事后，就彻底改变了主意：把好梦和玉佩小心收藏起来，与同学共享的是为牛而弹的深情琴声。

　　自"对牛弹琴"的成语诞生以后，把优美琴声送错门儿的公明义、耳朵不配享受高雅琴声的水牛，就成了永远被人嘲笑、至今不能谢幕的笨角色。我久久站在"对牛弹琴"的东巴壁画前震撼不已，"对牛弹琴"的经典释义，在我心里迅速土崩瓦解。

　　这幅《对牛弹琴》的壁画，色彩明快，构图简洁：一头牛卧在新耕的田垄，神态陶然地小憩，一个年轻农夫坐在牛旁，神态悠然地对牛弹琴。壁画下有东巴文和汉字两种文字的图解：牛耕地累了，主人怀着对牛的感激之情，为它弹琴，让它在美妙的琴声中快乐歇息，恢复体力。

　　这幅对牛弹琴图，只是这位先人与牛的故事中的一个片段，纳西族老爷爷向我讲述了壁画之外的故事——

　　画中耕牛的奶牙尚未长齐时，它的主人扎玛，已经是个穿着翻毛狼皮袍子的美少年。雪山下的寒意太冷硬，春风的暖意迟迟难以送达。当小牛嘴馋新萌的嫩草时,短短的胎毛,尚抵不住早春的寒冷。扎玛不忍小牛瑟瑟发抖,脱下狼皮袍子,裹在小牛背上。为了御寒,少年或在山坡上飞脚练拳,或在草地上高歌劲舞。纳西人天生能歌善舞,扎玛暖过身子,坐在石头上,操起马头琴,随着他手指灵动起舞,琴弦上泉溪奔涌,莺飞鸟唱……

小牛告别牛犊时光的标志,不仅是有了一身赤色油亮的皮毛,有了赤仔的响亮名字,更惹眼的是,它打出了公牛的旗帜——两只疯长的犄角威风凛凛,依如武士的一双佩剑。

在玉龙雪山的积雪化作小溪,欢快地行吟于草地时,吃饱喝足的赤仔对着扎玛撒欢,扎玛两手抓住赤仔两只角,扎住弓步,与赤仔角力。赤仔梗着脖子拧着尾巴,双方你推我顶,各有进退,难分输赢……

当美少年长成壮小伙时,这位纳西男子对酒的热爱也在陡增。一个夏日的中午,吃饱的赤仔卧在林间一棵云杉的树荫下乘凉反刍。扎玛依树而坐,手持月牙形弯刀,扎着一块熏肉送到嘴里,粗粗咀嚼下咽后,取下腰里的羊皮酒囊,咕嘟嘟猛喝几口。酒意渐浓的扎玛邀赤仔分享美酒,举着酒囊向赤仔摇摇。赤仔不动声色地看看扎玛,依旧不紧不慢干着反刍的活计。

扎玛醉眼迷离,朝赤仔嘘声口哨,又独自喝一大口。

几只蜜蜂在赤仔头上飞来飞去,赤仔抖抖眼皮或扇扇耳朵,驱赶挑衅者。扎玛又一次对赤仔晃晃酒囊时,正巧赤仔摇着头驱赶蜜蜂。

扎玛一脸醉态笑着自语:不识抬举呀你。说着,一气把剩下的酒喝个精光。

随着弯刀和酒囊在扎玛手里先后失落在地,他均匀响亮的鼾声在宁静的林间响起。

一只灰狼匍匐着,向扎玛移动。扎玛的鼾声,淹没了灰狼引发的草叶的低声埋怨。当赤仔发现那双蓝光幽幽的眼睛时,它尖利的犬牙离扎玛的咽喉只有五步之遥!

赤仔收蹄屈腿,腾跃而起,头顶如双剑般的犄角冲向灰狼。灰狼被顶个就地打滚的刹那,一爪子劈在牛鼻子上,划出道道血痕。赤仔愈战愈勇,灰狼且战且退,它们缠斗厮杀的身影渐渐消失在密林……

赤仔回到扎玛身边时,鼻子的伤口,已结成几道暗褐色的血痂,一只前腿的膝盖处还在流血,两眼中间,留下一个完整的狼爪抓痕。这排血写的"惊叹号"稍微左偏或者右移,赤仔的一只眼睛就惨了。

扎玛还在打鼾沉睡,赤仔在他身边趴下,瞪着眼睛,支棱着耳朵,机警地守护着扎玛。

扎玛一醉到黄昏。他启开沉重的眼皮,仰面眨巴几下蒙眬的眼,夕阳染红的云朵,让他一时不知身在何处。侧目之间,满脸伤痕的赤仔让他猛然惊醒,他翻身而起,双手捧着赤仔的头仔细端量,拧眉沉思。他似乎猜断出自己醉酒时,发生了可怕的事。泪水从硬汉的眼中一滴滴涌出,他心痛地看着赤仔双目间那个完整的兽爪抓痕,伸出舌头,用舌尖轻舔伤痕,分担赤仔的伤痛,祈愿它尽早痊愈……

农耕时节,扎玛和赤仔自然要联袂犁耙播种。中间小憩时,扎玛知道赤仔流汗出力很辛苦,他就操起琴,用琴声表达对赤仔的感激和酬劳。赤仔怡然安卧,支着耳朵享受为自己鸣奏的琴声。

牛的一生比人短促。赤仔一生都是急性子,一拉套就低头奋蹄,脚步快捷,直到垂垂暮年,依然本性难移。终有一天,赤仔在耕地时力气耗尽,陡然止步,前腿一软趴在地上。扎玛解下套索,操起琴弦,祈愿琴声能唤起赤仔的力量和生机。听一阵扎玛的琴声,赤仔拼出余力欲重新站起,可是,刚站一半又趴下了。

扎玛弹拨最激越的旋律激励赤仔,疲卧夕阳的赤仔不再尝试重新站起。赤仔是有神性的,它预感到生命即将落幕。它深情地看着扎玛,老泪横流。

扎玛仍在泪眼迷蒙地弹着,他期望赤仔创造奇迹重新站起。他的整个心魂都变成音符,在天宇间飞荡。当琴弦弹断、琴声戛然而止时,一轮明月已高悬东山林梢。扎玛抹把泪细看赤仔时,赤仔已幻化成一尊石牛……

多年之后,扎玛临终留下遗言:他死后埋在石牛旁。

后人把赤仔升天的地方称作卧牛岭,万古流淌的泉溪,就是扎玛对牛弹奏的永恒琴声。

那年上学的路

徐国平

　　我上二年级时，麦后的一场洪水，冲垮了村东的老庙。村小学当时设在老庙，我跟村里的孩子便没了读书的场所。

　　水退去以后，我们去张庄小学借读。张庄小学在村后三里远的黄土阜上，有两排红砖瓦房。校园里还有篮球场，我跟娘去那里看过一场电影。

　　一大早，我背起书包，心头满怀一种陌生的好奇感，一溜小跑来到了黄土阜前。我爬上那条上坡的小道，突然，路边蹿出五六个男孩，虎视眈眈地拦住去路。我欲夺路而逃，可很快被他们围住。我无力地在中间挣扎着，他们夺走了我的书包，将书本一本本掏出扔在路边的沟里。我喊叫、哀求，都无济于事。他们嬉笑着将我推倒在地，其中有个黑胖墩还狠狠踢了我一脚，并威胁道，滚回你们庄去，不准来我们这里上学。

　　我连滚带爬地哭着跑回家。娘正忙着蒸窝头，头也不抬地问我，咋回来了？我一扔书包，委屈无比地说，张庄的孩子挡道，还打我。娘白了我一眼，说，大路朝天，各走一边。想上学，就大着胆子去；不想上学就下地干活。

　　没想到娘如此冷漠。我心一横，反身跑出家门。我提心吊胆走近黄土阜，藏在路边的树丛里，想躲过那帮孩子，可他们好像故意等在那里。我瞧见他们正欺负我的一个同伴，打得他跪在地上直哭。最后，他从那个黑胖墩的裤裆下钻过，他们才放走他。

他们很快发现了我，嗷嗷叫着向我扑来。我见势不妙，吓得撒腿就跑。他们边追边喊，抓住他，甭让胆小鬼跑了！我失魂落魄地跑到家门口。娘拉着风箱往灶里添柴，抬头一见我的狼狈样，二话没说，将火钳一摔，一瞪眼，骂了句，没骨气的东西！

我平时很惧怕娘。娘的性格刚烈，天不怕地不怕，或许由于我爹早亡的缘故。她时常讲，人吃柿子爱挑软的捏。遇事只要硬起腰杆，就没人敢欺负。记得有一次，娘带我去看电影，看到汉奸在鬼子面前卑躬屈膝的样子，娘狠劲拍着我的头，训道："谁要是做了这种没骨气的孬种，小心娘不客气。"

我赖在原地没动，哭哭啼啼的，巴望娘带我去上学，吓退那帮孩子。娘起身用手指了指大门外，斥责道："是个孬种，就永远躲在屋里别出门；有种，就自己打出去！"娘说罢，操起院里的一根柳木棍，狠狠扔向我。

人怕激将，我气呼呼地接住那根柳木棍，怯懦的心里就像燃起一把怒火。我扭身出门，一路上，脚下生风。

近了，近了。我听到那个黑胖墩喊道："他又来了！"那帮男孩子就像戏弄一只羊羔的群狼，毫不防备地向我围来。此时，耳边萦绕的只有娘的话，我像一只被惹怒的兔子，毫无畏惧地挥起藏在身后的柳木棍，拼足气力，扯开嗓门吼着："谁挡道，我就砸死谁！"

他们似乎没有听到，继续向我逼来。我心里怕得很，可手中挥动的柳木棍还是打在为首的黑胖墩头上。我不停地挥舞柳木棍，嘴里咬牙切齿地吼叫着，打得几乎疯狂，书包掉在地上，书本摔落一地。

那帮孩子被我的气势吓倒，尖叫着散去。我乘胜追击了一段路，停下来，喘着粗气喊他们回来继续打，可他们没有一个回头迎战。最后，我转身回来，从容地捡起书本，背起书包。

见路边远远地躲着几个围观的同伴，我在他们惊讶的目光中，故意挺胸抬头，将棍子扛在肩上，像个得胜而归的将军，阔步走向阜顶的张庄小学。那天上课虽然迟到了，可我格外开心。

放学回家的路上，我依旧拎着那根柳木棍，准备随时还击，可是路上连他们的影子都没出现。相反,一帮过去欺负过我的同伴,都凑到我跟前,夸我了不起。一路上,他们前呼后拥,好像我成了他们的保护神。

回到家里,我理直气壮地对娘说了经过,娘脸色平淡,一声没吭。晚饭时,我的碗里多了一个荷包蛋,惹得弟弟妹妹直眼馋。

娘这才说了一句话:"你哥身上长出汉子毛来了,犒赏个鸡蛋壮壮胆子。"

最后的麦收

徐国平

芒种都过去六七天了，村里一丝麦收的动静也没有。

若在以往，面爷早就按捺不住，不知往麦地瞧多少趟了。

这些天，面爷心里一直憋气。他那片麦子收割后，地就要被开发商收回了。也就是说，这是最后一次麦收了。

其实，去年村里就没人再种麦子。村里仅剩的几百亩麦地都被开发商买下，村人拿到一大笔补偿款，个个乐滋滋地等着住楼房。

面爷自那就阴沉个脸，脾气越发火暴，逢人就骂："早晚饿死这龟儿子！"

开发商不是别人，是面爷的儿子满囤。

满囤鬼点子多，下学后不愿在地里淌汗出力，不知被面爷骂过多少回懒汉。这些年经济发展，县城四周纷纷建起了各种开发区。满囤如鱼得水，领着一帮人，东拆西建，很快成了财大气粗的开发商。

满囤人前牛气，可整整一年，面爷没给他一个好脸色。

面爷惜地如命，或许自小饿怕了，对每粒粮食显得格外珍惜。孩子们吃饭哪怕丢地上一丁点儿饭粒，他都要捡起放到嘴里，津津有味地咂吧着，接着忆苦思甜一番——旧社会家里没地，自己吃不饱肚子，跟大人四处讨饭。1960 年，有地又不好好种，都大炼钢铁，饿死了不少人。

面爷一下子没了地，就跟鱼离了水一般。当时，他不顾父子情分，带头反对卖地。满囤劝导他:"种了一辈子地还没累够,现在有钱啥买不来?"面爷一听,气得胡子直翘,点着满囤的脑门,破口大骂:"放屁!都不种地,人吃啥,西北风能撑饱肚子?"

满囤只好采取迂回战术,用优厚条件设法打通了其他人,就剩下面爷拒不答应。面爷蹲在地头,绝了一天一夜的食,满囤跟村里的干部硬是劝不动。面爷放言:"只要我活着一天,休想动我的地!"

最后,满囤无奈,由着面爷在地里种一茬麦子。期限一年,别影响动工盖楼。

过午,满囤打来电话,说他联系收割机。面爷气呼呼地说:"甭碰我的麦子!"

面爷咣当扣死电话,独自拎着一把早就磨快的镰刀,闷声不响地走出家门。

那些在树荫里下棋或闲聊的老头,都戏谑地打着招呼:"面爷,又下地啊!"

面爷头也不抬,懒得搭理。

麦地并不远,靠大路就那么一片,四面都是蒿草,有半人多高。几百亩地荒废着,仅竖起几个大广告牌。面爷瞧着就心痛,这简直是糟蹋,伤天理啊!

一阵微风拂来,一股淡淡的麦香痒痒地悬浮在空中,面爷忍不住打了一个喷嚏。

随后,面爷蹲在地头,伸长了脖子,面对齐刷刷的麦穗儿,鼻子使劲地吸溜。

"爷爷,您在干什么呢?"这时,几个上学过路的孩子,停下脚步好奇地围过来。

"没闻到麦子的香味吗?"面爷抬起头,好像还没从麦香中回味过来。孩子们一听,又问:"麦香是什么味呀?"面爷从红线腰带上解下皮烟荷包儿,卷了一卷旱烟,点燃后,深深地吸了一口,慢悠悠地说:"麦香比啥味都香,你们闻到了吗?"

孩子们迷惑不解地望过面爷,个个低下头闻着沉甸甸的麦穗。

"白面馍好吃吗?"面爷望着天真的孩子,突然想起自己儿时大人的一句老话。

"不好吃,不如方便面和蛋糕好吃!"一个孩子小嘴快得像爆料豆。

"不,还是沙琪玛和薯条好吃!"另一个孩子直言反击。

"天上会掉下这些东西吗?"面爷苦笑着问。

"当然不会,可爸爸妈妈会花钱买!"孩子们回答得十分干脆。

面爷噎住了,剧烈地咳嗽起来。孩子们纷纷雀跃着散去。他老眼昏花地望着,许久才摇了摇头,叹了口气。

旱烟燃尽,烫痛了面爷的手。他回过魂来,猛地挥起那柄镰刀,弓身麦田,扯开有些凄怆的嗓门,吼了声:"开镰了——"

割了约半垄麦子,面爷就通身淌汗,气喘吁吁,腰跟腿也木得蜷不了弯。面爷骂了句"操蛋",心里憋足火,跟自己较起劲。又割了几步,面爷突然眼前发黑,身子一歪,整个人就像被风吹倒的麦捆子。

微风拂过,麦浪起伏。

黄昏时分,满囤才截下了一辆过路的收割机。可人家一听仅割几亩麦子,摇头不干。满囤掏出几张大票,扬起一挥:"咋,我出高价还不成? 告诉你,割麦是哄老爷子开心。"

收割机开进地头,只见割到的半垄麦子,没见面爷人影。满囤想,准是面爷一人割累了,回家歇息去了。这样也好,偷偷把麦子割了,省得他守在跟前又吵又闹。满囤二话没说,手一挥,收割机就加大马力突突割起麦子。

突然,割了不一会儿,收割机就熄火停下,随后有人尖叫,麦地里有人。

满囤慌忙跑去,见面爷一脸安详地躺在麦地里,一手握镰,一手握麦。

"爹——"满囤双膝跪地,使劲晃着面爷。

此刻,夕阳已将那片麦地映染得一片橘黄。一只失群的布谷鸟,像是找不到自己的窝了,在四周的蒿草中,凄厉地叫着,割谷,割谷……

苍生百相·老牛车上的钢琴

145

母亲和树

张亚凌

记得母亲最爱说的话就是：人呀，活成树就好了。

母亲总爱拿树说人论事。在母亲的眼里，树是那么神奇，神奇到我们都应该当神灵般供着奉着。

我家茅坑边有棵杨树，打我记事起就很粗很高大了。它似乎浑身憋着使不完的劲儿，一个劲儿猛长。不等我上小学，它身上的皮儿都爆裂开了。我想，是它心里的热情太高长得太快、太快了，以至于皮儿赶不上里面的速度。

一次，母亲拍着杨树身说话了，那会儿她旁边只有一个正闹肚子的我。

"这树呀，它肯定在寻思：把我栽到哪儿是人的事，长得好坏是我自家的事。人呀，都像树就好了。"见我满脸不解，她又说了，"你看，又不是栽在院子里栽在大门口，没人看没人理，还长得这么粗。这要是人，还不憋屈死了？你不懂，你太小了，大了就懂了。"

茅坑边的一棵臭树，也值得夸？我还是不解。

院子里有两棵树，也不知是谁在两棵树间绷了根粗铁丝，铁丝上穿满一节一节短小的竹筒，是用来晾晒衣服被褥的。我第一次帮母亲晾衣服的情形至今还记得：踩着小板凳，胳膊高高举起，还是够不着，以至于没拧干的水顺着我的胳膊流进衣服里。"再想想办法。"母亲笑着鼓励我，"只要搭上去就行。"于是，我使劲一甩，衣服就搭上铁丝了。

母亲也经常说到院子里这两棵树，说时满脸都是敬畏。"树就是皮实，铁丝勒得那么深，树汁流过就流过，继续长，皮实到摆脱不了铁丝越来越深的伤害照样长。搁在人身上，还不得破罐子破摔了？"

也记得看《士兵突击》那会儿，媒体对许三多好评如潮，说身上有可贵的精神，那就是不放弃。母亲的评论很简单很明了："就像咱屋的树，不记疤只顾长"。

母亲也常指着门口那棵歪着长的树数落我，童年的斑斑劣迹就穿越岁月清晰起来。

小时候，一放学，我就如百米赛跑般飞到家门口，书包一扔，从台阶上往起一跳就攀住了树枝，而后就荡起秋千。当然是和对门的胖姐比赛了，她家的树本身就没我家的高大，站在地上，一抬手，就攀住树枝，荡起来自然没气势。

时间长了，被母亲发现了，也被她骂过，可我还是不放过那棵树，照旧荡，还越荡越高。母亲也就骂句"疯女子"，懒得搭理我了。时间长了，先是那一枝斜下来，后来，整棵树看起来也歪了。

1990 年高考失利，曾经一度，我很颓废，整天窝在家里羞于出门。母亲再次说起门口的树：

"树的性子多强：压弯了，就弯长；弄断了，从旁边再长。树不知道它遇上啥，遇上啥它都要长……人，就要学得像树一样皮实……"

记得当时母亲还说起邻家婆婆，说她恓惶的境遇，说她就是像树一样的人：儿子还不到三十岁说没就没了；儿媳改嫁了，撇下两岁不到的孙子；好不容易把孙子拉扯到十八岁，争气得要去上大学了，出去游泳，就再也没有上来。多少年了？邻家婆婆现在精神不也很好？她是想通了，命里注定没人陪她，就得自家好好活。这人呀，谁也不知道自家会碰上啥事情，碰上了，就得熬过去，就跟树一样。

母亲爱拿树说事儿，慢慢地，我也学会了看着树思考。以至于在母亲去世后的今天,我依旧喜欢用树的方式诠释人世。

如果说,叶是树的子女,年年岁岁,成千上万的叶儿,一季飘落,归于尘土。岁岁年年,叶儿复绿复枯萎。一世的别离,我们尚且难以忍受,树们的心里,该不会被悲伤填满?

母亲离去了,纵然心里装满悲伤,我也得好好生活下去。因为举目四望,到处可见树的身影,每一棵树下,都站着我的母亲。

二喜嫂子

张亚凌

笨，就是笨！用我们合阳话说，"瓷瓷实实"的笨，笨得纯粹，笨得不含一丁点儿杂质，从每一根头发丝到脚趾甲里都显出笨样来！

巷东头的二喜嫂子就是这样一个笨女人！

她那包工程的老公二喜在外面有了女人。先是"据说"，村里有个从城里回来的人看见的；后来是"好像真的"，一个在城里工作的亲戚也感觉到了异样；再后来成了"千真万确"，二喜公然和那女人出入成双！

巷子里的人都愤怒了：老人们骂二喜，有点钱就烧包，不知道自己几斤几两吃啥长大的；二喜的爹更绝，干脆不让二喜回家；二喜的哥哥大喜还专门进城训斥弟弟："有几个臭钱就不晓得自己属啥了……"

二喜嫂子多好呀，全巷子里的人都知道：天天在家里一把屎一把尿如亲闺女般服侍着瘫痪在床的公公，还得照顾大明小明俩孩子。再说了，地里那么多的活儿，不都是她一个人干的？

听母亲说，二喜嫂子是没要一分彩礼钱夹个包袱进了二喜家的门——她娘家人嫌二喜家穷，老人又瘫痪在床，根本不答应婚事。

二喜开始做生意的本钱，还是媳妇从自己亲戚家借的。别人都怕二喜不稳当，曾阻拦过。二喜嫂子说："男人家，不让他折腾你咋知道他有啥本事？"

如今公公对儿媳妇说:"看,是不是折腾出本事来了? 他娃甭想再进这个门了!"

二喜嫂子却说:"您要真为了我和娃娃好,就甭管这事了,我的男人我知道该咋办。"

村里人都议论得沸沸扬扬,二喜如何"忘恩负义",又如何"花心",被说得那么具体那么形象。人们看二喜嫂子时,同情里似乎又有某种期待,等着看二喜嫂子咋收场。

二喜嫂子没流露一点怨妇的愤怒,竟淡淡地说:"就是有那样的事,大男人,那算啥档子事?"

二喜嫂子终于决定进城了!

二喜嫂子哭哭啼啼,二喜一脸被抓破的伤,两人拉拉扯扯回村了……村里好些人似乎在想象中等着看热闹。

一天,两天,三天,直到第五天,二喜嫂子穿着新衣裳和二喜说着笑着什么事也没有似的回来了! 赶上国庆长假,二喜顺便将他爹和孩子都接到了城里。

后来,才听二喜说及媳妇找他的事。

媳妇没哭也没闹。他原以为媳妇会撕破他的脸面的。她只是说:"其实你啥事都没有,叫人胡说了那么多的是是非非,咱娃们都不敢出门,怕人笑话。我男人我不知道? 咱又没干丢人的事,还能叫唾沫星子淹死? 走,回去叫那些人看看,就没人敢胡说了……"

二喜说:"咱都不是个东西,还叫媳妇当人看。被当成人就得活个人样,还敢再成精作怪不好好过日子?"

二喜嫂子呀,一个笨得可爱的傻女人!

鹅

谢志强

等到学生唱完一首歌后,我走上讲台,全体学生起立,齐声说:"老师好!"

我说:"同学们好。"

我望着同学们端正地立着,想起春天我们植的树,在沙漠的边缘,一片小树——沙枣树。我的目光落在最后一排的座位上,似乎漏栽了一棵树苗。

学生坐下,我开始讲课。

学生翻书,肯定翻到的是我要讲的那篇课文,翻书的声音,像一阵风吹过树林,叶子哗啦哗啦响。然后,静下来,如同一阵风吹过去了。

我听见教室门外有什么响动,我的目光落在最后一排的那张空课桌上。之后,我走下讲台,打开门。

果然,刘彩霞立在门外。她低着头,齐耳短发,有点乱,可能来不及梳,或者是被风吹乱了。

有一学生说:"喊报告。"

刘彩霞低声说:"报告。"

我说:"进来。"

另一个学生说:"罚站!迟到就罚站。屡教不改。"

用"屡教不改"这个词语造句,学生不约而同地放在刘彩霞的迟到上。

我说："你先回座位。"

刘彩霞在一片嘘声中走过，坐到她那张课桌旁。全班都是两个学生一张课桌，但没人愿意和她同桌，都说她身上有股怪味，恶心。她的个头中等，不得不安排她坐最后边。

我说："注意力集中，现在开始上课。"

她的目光穿过前边同学身体之间的空隙寻找我的板书。下了课，我叫刘彩霞来办公室。我摘下她头发上的一根草屑，青青的草。她用脚在地上擦，像要掘个洞，恨不得钻进去。她频繁迟到，却不讲原因。

我说："今天放学后，老师要去你家。"

她说："老师，我们连队很远呢。"

傍晚，我走上通往刘彩霞所在连队的机耕路。路的一边是沙枣树林，一边是水稻地。风拂过一望无边的稻田，像泛着绿色的波浪。刘彩霞头发上的草屑，来自稻田吧？那是稗子草。她的衣服散发出清新但带点苦涩的草的气味，其中有苦苦菜的味道。

刘彩霞看见我了。她站在院子门口，说："老师好。"

我一进院子，就吓了一跳，一只鹅叼住我的裤腿。

她一声喝，说："白雪，这是我的老师，你有眼无珠哇。"

有眼无珠是课文里的一个词语，她造过句："我们家的白雪有眼无珠。"当时，我没弄明白，"白雪"是指一个人还是动物？

我说："这就是你造句里的角色呀？"

她提醒我："老师，当心！"

院子里，简直像个动物园，鸡呀兔呀鹅呀，还有一只羊。地上有屎的痕迹，大概趁我来之前，她已清扫过了。

唯独没有养狗。我对狗有戒心，因为，有一回屁股挨了一口狗咬。不叫的狗更可怕。连队的家属院，几乎各家各户都养了一条狗。

我说："没养狗吧？"

她说："不用狗，有狗太热闹，鸡犬不宁。"

这个词语她也曾造过句。还是那个模式:我们家……

我的裤腿又被扯住了。又是鹅,不屈不挠。

她赶过来。鹅还是在几步远的地方冲着我昂起脖子做出挑衅的姿态。

她说:"老师第一次来这里。鹅总是欺生,它自不量力。"

又是造过句的词语。都运用到她这个院子里了。原来,这个院子里能造那么多句。

穿过喧闹的院子,我进了土坯屋子。床上躺着她的父亲——瘫痪了。她的母亲已去世。她的父亲欲起身客气一下,却坐不起来。他说:"我这个大人,把这个小孩拖累住了。老师,让你操心了。"

一时间,我没话说,我的语言遭遇这样的现实立刻贫乏了。

他咳嗽起来,像一口痰卡在喉咙里。刘彩霞抬起父亲的脖子,又拍又抚父亲的背,然后,她倒了一杯水,慢慢给父亲喝。

他指指杯子。刘彩霞洗了一个玻璃杯。

我说:"我不渴,不用倒了。"

又回到院子。那只鹅,脖子一伸一伸,似乎不肯放过我。

刘彩霞说:"老师,这里都是食草动物。"

我说:"这只鹅挺能护院的嘛。"

刘彩霞说:"老师,你知道吗? 鹅为什么不怕人?"

我看着这个小学六年级的女生,她像大人,完全没有小女孩的天真,倒似她是个小老师进行提问。我像是回答不上来,说:"为什么不怕人?"

她说:"鹅的眼睛看人,把人缩小了,缩得比它自己还要小,它就以为自己伟大,所以,它不怕人。"

我说:"鹅的眼里,人就像小人国的小人了? 怪不得鹅主动向人挑衅呢。"

我们都笑了。我第一次看见刘彩霞笑,笑得回归到她的年龄。一个小女孩的笑。我难以想象,要是换个角度,自己仰视着鹅,像面对一个庞然大物。

第二天，刘彩霞差一点儿迟到，她有点气喘吁吁，带着一股田野的气息，好像风携带来了田野的气息。

我讲了刘彩霞的家庭情况。刘彩霞哭了。课堂里突然很静很静。

刘彩霞总是利用早晨上学途中，在田野里，在树林里，割了青草或摘了沙枣，藏匿起来，放学后取回家。那以后，班里的同学轮流把青草或沙枣带到学校，交作业一样交给刘彩霞。

刘彩霞不再迟到了。而且，她的座位提到前边的第二排，有个同学提出跟她同桌。上课时，她的头，不用再左右来回移动寻找空隙了。

耍猴世家秘诀

尹全生

初中还没毕业，我的同桌葫芦就被他爹逼着退学，继承祖业学耍猴去了。耍猴的第一道"工序"是驯猴。他家驯猴有术，祖上秘传，驯出的猴子鬼精，会骑山羊会写字，还会给人剃头呢！

我大学毕业从事物种研究后，总想找机会了解葫芦家驯猴术的玄机。

一次借出差的机会我回到了故乡。见到阔别的葫芦后，我就问起他家的驯猴术。也许是因为我们儿时关系极铁，也许他断定我不会与他争市场，没给我吃闭门羹，说："驯猴子并不很难，诀窍在如何选猴。"

他说他将要成立一支新的耍猴队，要从经过初步驯化的猴子中优选，并让我亲眼看看。

选猴地点在他家围着高墙的后院里，接受优选的猴子有十几只。葫芦说这些猴子是从几百只猴子中初选出来的。初选时，在南瓜上掏个小洞，当着猴子的面塞进好吃的，猴子便会伸爪子进去掏。笨猴子抓一大把，紧攥着不放，爪子就抽不出来，急得吱吱叫；而这十几只猴子则知道松开爪子，一点一点朝外扒食物。

我眼见的优选，是让猴子们顶砖块。葫芦挥鞭一甩，猴子们就个个头顶砖块飞跑。等到猴子们发喘时，葫芦拉我进屋里，隔着窗帘缝向外窥视。

有只斜眼猴子见葫芦离去，随即丢了砖块捉虱子。葫芦看了一阵去推窗。听到窗响,那只斜眼猴子忽地爬起来,顶着砖块就疯跑,而且装出气喘吁吁的样子。

葫芦对我说:"这就是我选出来的猴子。"

"你选这只斜眼猴?"

"对! 耍猴耍猴,要靠猴子挣钱。只有聪明伶俐的猴子才能学成高明招数,也才能帮主人挣到钱。"

我说:"可这畜生太奸猾了!"

"奸猾倒不怕。有绳子拴着、吃食引着、鞭子管着哩!"

葫芦靠耍猴起家,成了方圆百里的首富。他早已不再亲自耍猴了,只管驯驯猴子,大多时间是想怎么逍遥就怎么逍遥。他雇了不少人,组成十几支耍猴队到外地挣钱,北到哈尔滨南到三亚都有他的耍猴队,每年向葫芦交款。我问款怎么个交法,葫芦说一年交一次,按实际收入的百分之五十交纳。"你没有跟着,怎么知道每个耍猴队实际收入是多少?"

"这不用担心,他们都会如数交来。"

我摇头表示怀疑。

葫芦坦然一笑道:"这里面有个选人问题,必须选出精英人来。精英人比精英猴更重要。"

我问如何选人,他说还是让我亲眼看看。

选人的地点仍在他家后院里选猴的地方。接受选择的是十几个外乡打工的小伙子。葫芦端来十几碗绿豆,一人面前的水泥地上撒一碗,之后让他们各捡各自面前的,一颗不能少,看谁捡得快。

喊一声"开始"后,葫芦便带我进屋里,还是隔着窗帘缝向外窥视。

那些小伙子见我们离去,大都伸出双手,急匆匆把绿豆拢作一堆,用手捧进碗里,转眼就完事了。只有一个歪嘴小伙子,不急不躁,一颗一颗地捡,而且还在皱眉数数,一五一十,极其认真。

葫芦看了一阵带我走出去,对那帮小伙子说:"不论捡完的没捡完的,都停下来。你们到外面要猴,一个月想得多少钱呐?"

众人七嘴八舌地喊,有的说两千,有的喊一万,而那歪嘴小伙子却一言不发,只是缩头缩脑地站着,夹尾巴狗似的。

葫芦问他:"你想要多少?"

歪嘴小伙子又抓脑袋又抓屁股,抓出了一脸苦兮兮的笑,吭吭哧哧道:"你说给多少,俺就要多少。"

葫芦把歪嘴小伙子留下了,说这就是难得的耍猴人选。

我说:"为什么要选这么笨的家伙?"

"笨倒不怕。再笨的人,有绳子有吃食有鞭子,还能管不住猴子?"

晚上葫芦请我喝酒。我称赞葫芦的选猴选人之道,他则说惭愧,说小时候的理想也是上大学、搞物种研究,如今却沦落到下九流田地。

我说:"假设你同我一样搞物种研究,该怎样回答这个问题:如果自然条件具备,那十几只猴子哪个先进化为人?"

"当然是斜眼猴。"

"还有——如果自然条件具备,那十几个小伙子谁先退化为猴子?"

葫芦说当然是歪嘴。他想了好久又笑着补充说:"我在前,歪嘴在后。"

青藤爬满农家院

盐　夫

　　木棉去虎头镇白跑了，没讨着说法。芮先生知道会是这样的结果，木棉
犟，芮先生也就由着她去，不碰一鼻子灰，这婆娘不死心。后晌，木棉蔫蔫儿
地回来时，芮先生仍旧忙着他的木匠活儿。两排木桩已站在池塘里了，再栽
两排桩，搭上横木，芮先生的水上棚架就完工了。木棉看看池塘里的木桩，
在芮先生的对面蹲下，搭起木锯，一上一下，一推一拉，木屑飘香。

　　芮先生说："会有的，慢慢都会有的。"

　　木棉叹口气。木棉嫁芮先生，不仅因为芮先生实在、勤快、靠得住，还因
为芮先生的一片柿树林。木棉喜欢诗一样的柿树林，夏季绿荫，秋日火红，
柿子半熟不熟采摘下来，焐一焐红透了或者晒干做成柿饼运到集市上，换回
的都是票子。坐在柿树下，芮先生读书备课或研究种植法，木棉给芮先生编
织毛衫，狗睡在脚边，鸡在周边刨食，一幅美丽而温馨的田园风光。手织酸
了，木棉去看柿树林，眼前就出现她向往的图画——芮先生开着拖拉机，她
靠着芮先生的肩头，车厢里装满一筐一筐红柿子，拖拉机奔跑在去集市的公
路上，风掀起她的红头巾——想着这些，木棉心里就涌起说不出的快乐，咯
咯笑出声了。

　　芮先生说："傻笑啦。"

　　木棉问："不买拖拉机？"

芮先生说:"等柿子红了。"

该是柿子红的季节,芮先生的柿子没有红,拖拉机的计划也落空了。一条公路从柿树林里穿过,柿树被砍倒了。柿树枝横在地里,日头下,曾经鲜活的柿树变成干柴,劈成段,码成堆,一个冬天的干柴就有了。柿树枝好生火,在炉膛里噼里啪啦响,听到这响声,木棉心里就有一种想哭的感觉。

芮先生扛起铁铲上山去了。芮先生在山坡上搭起窝棚,一住一个冬季,一日不停地开荒。星星出来了,芮先生还没有停下手里的活儿。木棉把晚饭送上山时,黑地里看不见芮先生,只听到刀口划过草尖的声音。木棉喊"吃饭了",芮先生这才从林里走出来,接过木棉手里的饭碗,埋头就扒起来。木棉说,别累着了。芮先生咽下饭,说:"丢了的地得找回来啊。果然,地又找回来了,三月里木棉再去长乐山时,山坡上出现了一片板栗林,枝头一片新绿。"

芮先生这位代课教师被教育局清退以后,他就专心研究板栗增产技术与虫害防治。这样,芮先生的板栗收成一年好比一年。板栗市场价格也好,芮先生就把老屋拆了,盖了两层小楼。芮先生对木棉说:"对吧,会有的,什么都会有的。"木棉靠在芮先生的肩上,不答。一天,芮先生与木棉在山上治虫,山坡那边传来轰隆隆的放炮声。硝烟过后,一辆小车向他们这边开过来,车上爬出两个人。一个村长,一个镇长的弟弟郑二。村长对芮先生说:"把栗子树刨了。"木棉说:"柿树砍了,栗子树又要刨,不让人活了?"村长说:"谁说不让活了,一棵补助三十元。"木棉说:"不是美元吧。"村长说:"不是美元咋了,现在人民币升值,比美元好使。"郑二说:"不刨我派人替你砍,这山头,我包下采矿了。"芮先生说:"刨,这就刨。"木棉生气地下山去了,木棉要去镇上论理。

芮先生说:"别去了。"

木棉说:"熊包。"

芮先生说:"会有的,慢慢都会有的。"

木棉说:"你还有什么?"

　　芮先生还有什么呢？芮先生没有田了，没有地了，也没有栗树林了，只有一幢没装潢的小楼，一个院子和院前的一个小池塘了。院子里已种满蔬菜，池塘边上也种满了作物。芮先生说："还可以在池塘上搭个棚架。"木棉不理会芮先生，她去虎头镇了。木棉一走，芮先生就搬出木匠家伙，叮叮当当忙起来了。后晌，木棉蔫蔫儿地从镇上回来，叹口气，蹲在芮先生的对面，帮助芮先生搭起木锯来了，一上一下，一推一拉。芮先生很高兴，可木棉总走神，没使足劲儿。芮先生说："会有的，慢慢都会有的。"木棉说："镇上已传开了，门前的公路要拓宽了。"芮先生说："好事啊，要致富先造路。"木棉说："路造了，矿采了，你富在哪儿？"芮先生不吭了，使劲拉一把木锯。木棉说："路一拓宽，池塘被填了，搭棚架还有什么用？""总会有办法的。""有什么办法？"芮先生想想说："还可以在墙壁上打一些洞，插上横梁，棚架一样能挂上去。"

　　木棉不再说话。开春后，施工队来了，池塘被填了。芮先生就爬上屋顶，把自己从屋顶上吊下来，在墙壁上打了一个一个洞。横梁插在墙洞里，芮先生的棚架就又搭起来了。六月七月里，丝瓜、葫芦、葡萄、豆角的青藤，密密爬满小楼和棚架，小鸟在房顶飞上飞下，远看就像一只绿鸟窝。一位摄影家发现了，一幅题为《农家乐》的作品在报上发表了。芮先生很高兴，他把报纸捧给木棉看。木棉不看，一扬手，报纸就轻柔柔地从楼上飘下来了。

炫 车

盐·夫

我曾在 4S 店做过汽车销售员。

草原上老牧民巴音的越野车就是那时买的。从前草原上沙尘暴多,现在退耕还林、以经济林拉动治沙工程后,生态与植被转好,出现了大片沙柳、沙棘林与草场,沙尘暴已不多见了。即便这样,老牧民巴音还是要选择一个阳光更灿烂、风儿像丝绸一样轻柔的好日子,与老伴儿高娃坐上马车一起来到城里。

那一日,天气的确很好,但老牧民巴音的运气一点也不好,进了城就被警察罚了款,内心很窝火。巴音不是心痛罚金,而是对警察的处罚很不服气,一路上嘀咕不休——啥时闯红灯了? 红灯在电杆顶上,跳起来还差好几米远呢! 有人听到巴音的嘀咕就笑,巴音就更生气了,啪,甩了一响鞭,马就嗯嗯跑开了。巴音与马车到达 4S 店时,已是后晌的事了。他把马儿系在店旗杆上,从车厢里甩下一只旧麻袋。巴音的马儿不习惯城里生活方式,笼头套子还没卸下,尿液就哗啦啦湿了一片地。保安哈尔巴拉挥着电棍上来了,吼叫着让巴音把马儿牵走,还指着巴音威胁说,若巴音嘴巴再硬上一句,电棍就打马屁股了。草原上牧民都是硬汉子,狼群都不怕,还怕什么电棍? 巴音与哈尔巴拉就我一言你一语斗起嘴来了。

我从没见过胡须花白的巴音,但一眼就知道巴音不同于一般的牧民,巴音的麻袋里一定不是地瓜或者收来的旧酒瓶……我出来了,我先给保安哈尔巴拉敬烟,谎称巴音是远房表叔,然后把水泥地面拖洗得干干净净。这样,我就取得了巴音的信任,巴音指指麻袋说:"就买你推销的车子了。"——麻袋里,果然是一袋人民币。老牧民巴音的生意可是个大生意,他一次就买下两辆越野车。巴音买车也不讲究,就是要动力强,前后驱动,适合在草原上开的那种车就行,但有一个附加条件——骑马、打猎、放牧巴音是好把式,种沙柳、沙棘也是能手,但不懂驾驶,他的两个儿子会开车却又都不在草原——4S店得有人把车送到草原上。

巴音的家在草原深处。草原上日落得很迟,到了巴音的蒙古包时,天边一丝晚霞也没有了,我与司机忙着要回鄂尔多斯,但好客的巴音与他老伴儿高娃死活不让走,杀了羊,还请来三个好邻居一起喝酒,一直喝到月亮西斜。次日太阳升老高了,我们才摇晃着离开巴音的蒙古包。之后,巴音一直没再与我联系。但我还是与巴音通了一次电话,询问一些车况方面的问题。巴音似乎对两辆车相当满意,在电话那一头,一个劲儿夸说:"好着呢,好着呢!"

三个月后车辆保养期到了,我又去了一趟草原。

在草原上,远远的,看到有两匹马拉着一辆越野车在慢慢行进。赶到前面一看,牵马的正是老牧民巴音。我停下车与巴音打招呼:"车出故障了?"巴音摇摇头。"没故障咋用马拉啊?"我又问。巴音不吭声,依然牵马前行。一个看热闹的大孩子笑开了,他说出了巴音的一个秘密:"越野车买回来之后,老牧民巴音从没有把车开出去一次,早晨太阳出来时,他会把车从车库里推出来,晚上太阳落山时,他与老伴又会把车推进车库,天天如此,一天不落。就在前半晌,从来没发生过的事情发生了,越野车被巴音推着打着火启动了,呼地冲出了车库,在草地上飞驰而去。巴音忙跨上马背,在后面紧紧追赶,手里甩着套马绳,套了好几次也没套中,最后车胎陷在沙坑里,这才熄火停下来……"听到这里,我笑了,巴音也不好意思笑了。

"有车为什么不开呢?"我问巴音。

巴音没有直接回答问题。在蒙古包里,他一边喝着马奶茶,一边讲述草原上的故事:从前的草原没有现在这样翠绿、富裕,草地沙化,风暴三天两头刮,治沙、恶化,再治沙、再恶化,最多的一年沙尘暴就刮了七十多次,死了大批牲畜。就是那一年,很多牧民都离开草原出外谋生了。老牧民巴音不走,他坚定地留下来了,但他的两个儿子却都离开草原了,这一去就是六年多。临走时,父子还吵了一架,两个儿子发誓再也不回草原了。巴音喝一口马奶茶继续说:"草原是有灵性的,你对她好,她也会对你好的,草原其实满地都是黄金。"他的两个儿子至今没回来,但巴音十二分相信,他们一定会回来的,越来越美丽的大草原还引不回这两只小雏鹰?

蒙古包外,有摩托车的马达声,由远及近。不一会儿工夫,蒙古包里进来了两条汉子——巴音的大儿子博日格德与二儿子哈日查盖。

"阿爸好! 阿妈好!"

巴音向门外瞟了一眼破旧的摩托车:"回来了?"

"回来了!"

"不走了?"

"不走了!"

"这么多年你们过得还好吗?"

两个蒙古汉子不吭声了。

巴音沉默了一刻,突然又哈哈大笑起来:"好了,不提从前的事了,但一定要记住,草原的天,才是雄鹰飞翔的天!"

老牧民巴音走出蒙古包。外面的阳光很灿烂,蓝天很开阔。博日格德与哈日查盖各驾驶一辆越野车,载着阿爸巴音与阿妈高娃向着他们牧场深处驶去。巴音要让这两只小雏鹰再看看现在的大草原——他们美丽的家。

鱼 蓉

王 洋

这个春天的早晨,鱼蓉吃过饭,碗筷未洗,猪没喂,牛也没喂。

院门洞开,穿过宽敞的院子,走进堂屋,迈进内室,鱼蓉坐在梳妆镜前描眉画目。鱼蓉的那支眉笔还是前年春节买的,后来有了女儿,她的一门心思就全在女儿身上了,疏于打扮,整个人也变得邋遢起来。

描画完眉目,鱼蓉开始描唇,先描出细细的唇线,再涂抹上惊艳的红,就连容易忽略的嘴角部位,也仔细地涂抹上去。描完唇,鱼蓉盯着镜子里立体、丰腴、性感的红唇出了堂屋。

院子里停着一辆电动车,鱼蓉偏腿骑上去,出了院门。

村中的小卖部前,几个老人蹲在墙根剥花生。鱼蓉的电动车从他们身旁驶过时,老人的目光追着她走出很远的一段路,直到鱼蓉消失在小巷的尽头。鱼蓉能够感受到老人们的触目惊心,这正是她想要的效果。

路上,鱼蓉遇见近门的一个婶子,婶子四十多岁了,头上裹着灰头巾,低着头、弓着腰,像个老年妇女。婶子问鱼蓉:"去哪里?"鱼蓉说:"在家里闷得慌,出去遛遛。"

出了村,视线豁然开朗。虽是初春,风还凉飕飕的,阳光却好,像一双暖暖的手在脸上来回摩挲着。

鱼蓉骑着电动车从王庄穿过郇庄,越过张庄,在丁庄子停留了片刻又来到孟林村。

正午时分,无风,阳光下的孟林村像是一个男人的巨大怀抱,让人想躺一躺,靠一靠,舒舒服服地睡一觉。

村子里很静,偶尔有几只狗有一声无一声地叫着。鱼蓉看见一个男人在牛栏里挖牛粪,男人上身只穿着一件薄毛衣,脸上有汗珠子聚集,滴答、滴答,落了下来。

鱼蓉走到男人跟前,男人抬起头看鱼蓉,鱼蓉也看男人。

鱼蓉说:"大哥家有人吗? 我渴了,想喝一杯水。"

男人盯着鱼蓉从头看到脚,又从脚看到头,最后盯着她惊艳的红唇。男人笑了:"我不是人吗?"

鱼蓉躺在男人的床上的时候还是清醒的,后来就醉了,醉得一塌糊涂。醒来的时候,鱼蓉听见有鸡在窗外咯咯咯地叫着,她穿上衣服,不看男人一眼就朝外走。

回到家,鱼蓉关了门,躺在床上睡觉,她做了一个梦。麻强进来的时候,鱼蓉的梦还没做完。

麻强一脚踢开门,把鱼蓉从床上提起来,拉到床下。鱼蓉光着两只脚,头发披散着。

麻强问:"你个臭娘儿们去哪里了?"

鱼蓉问:"你呢,你一夜没回去了哪里?"

麻强说:"我去打牌玩,你知道的。你一个上午去了哪里?"

鱼蓉说:"我在家里闷得慌,出去遛遛。"

麻强问:"你打扮得像个妖精去哪里发骚啦?"

鱼蓉问:"你输了多少钱?"

麻强一巴掌打在鱼蓉的脸上,鱼蓉捂着半边脸,回敬了麻强一巴掌。麻强愣了一下,扯着鱼蓉的头发,一拳击中了她的腹部。他的嘴里骂骂咧咧:"你去勾引哪个野男人了?"

鱼蓉捂着肚子喘息着,她抬起头,咬着牙,毫不畏惧地瞪视着麻强:"你给我记住了，只要你还去赌钱，我就去外面找野男人。"

鱼蓉的话彻底激怒了麻强，他的拳头雨点般落在鱼蓉的身上，鱼蓉抱着头蜷缩在地上。打累了，麻强坐在椅子上瞪着一对牛眼呼哧呼哧地喘着粗气。

后来，麻强的手机响了，麻强接完电话就朝外走，刚走了两步，他回过头对鱼蓉说："你要是再敢去找野男人我剥了你的皮。"

鱼蓉从地上站起来："你去赌钱我就去找野男人。"

麻强一个箭步蹿过来，一脚踢倒了鱼蓉。鱼蓉死死地抱住麻强的腿，麻强的拳头雨点般落下来。

麻强的手机催命般地响了，麻强看一眼手机，一拳打在鱼蓉的左胳膊上，又一拳打在鱼蓉的右胳膊上。鱼蓉抱住麻强腿的两只胳膊松开了，麻强转身朝外走。鱼蓉不顾身体的疼痛爬起来，麻强出了院门后看见鱼蓉上了电动车，他折身回来，拦住鱼蓉。鱼蓉昂起头盯着麻强，麻强瞪着一双牛眼直视着鱼蓉。两个人在院子里互相敌视着，像前世的一对冤家。这期间，麻强的手机响了无数次，后来，再也没有响过。

日头一点点地西斜，从院门上方移到茅厕顶，移到牛栏顶，移到院墙西，后来，沉到一个看不见的角落里，天黑了下来。

鱼蓉和麻强雕塑般对视着，谁也不甘示弱。邻家飘来饭菜的诱人香味，麻强的喉结动了一下，一口唾液咚地咽了下去。赌了一夜，麻强到现在还没有吃饭，他又饿又累又乏，两条腿都站不直了。

后来，邻家传来关院门的声音，有人从巷道里走过，一只狗突兀地叫了几声，夜静了下来，风有了刺骨的凉意。麻强感觉支撑着他的那根柱子仿佛被人抽走了，身体一点一点地软下去，他活动了一下腿，腿还在，他跟跟跄跄地晃进了堂屋。

麻强歪躺在床上，脸是黑紫色的，像是中了很深的毒。鱼蓉给他倒了一碗热水，一碗水进到肚子里后，麻强的脸才有了一点红。鱼蓉把热菜和热饭端到桌子上的时候，麻强看着那些诱人的饭菜，他本来想拒绝的，他的手和嘴巴违背了他的旨意，它们疯狂肆虐着桌子上的饭菜。

　　吃饱喝足后的麻强躺在床上打着山响的鼾声，鱼蓉歪靠在沙发上，头一顿一顿地低了下去。后来，她睡着了，嘴边流下长长的涎水，涎水里有一点红，那是唇上的一抹惊艳。

脸　面

魏永贵

王小六回老家的时候开了一辆半旧的小货车。

本来王小六是可以开一辆更好的车回家的。王小六在外面挣了钱，开辆好车回家可以好好露露脸。问题是，回村的路坑坑洼洼，磕磕碰碰，好车消受不起，而且最重要的是，小货车可以装东西。

眼下，车厢里就装着一件重要的东西。

王小六已经三年没有回家了。三年前放学不久的王小六在路上"顺"了一辆破自行车，骑了不到五十米赶巧拉肚子，扔了自行车就钻进了路边的厕所。等他提着裤子出来的时候，丢自行车的李老二已经领着戴警帽的在外面等他了。后来王小六就在拘留所里蹲了七天。

本来王小六是可以不蹲号子的，可他必须交几百块钱的罚款。娘含着眼泪捏着才借的钱去看王小六，王小六坚决不干。王小六说娘你一点也不会算账，我蹲了号子就不用交钱就省钱了，就等于硬生生赚了几百块钱，就等于在号子里打工了。娘说："你个挨刀子的，到这个时候了是钱重要还是脸面重要啊。"王小六说："在没有钱的时候脸面就不那么重要了。"

蹲了几天号子，出来的时候王小六还是考虑到了脸面。他就直接去了外面，几年工夫终于混了个人模狗样，三年后的腊月底就开着车回了家。

王小六加大油门把车开到坡上家门口的时候，正在喂猪食的娘叫了一声,接着眼泪鼻涕也下来了。娘说:"天哪,你个挨刀子的你怎么又偷了人家的汽车回来呢。"

王小六咧着大嘴就笑了。王小六说:"娘这车不是偷的是我自己买的。"王小六边说边掏出了一摞五颜六色的小本本。王小六说:"娘,你看这些是我的证件,证明车不是偷的,是我自己买的又自己开回来的。"

娘就是不信。王小六在家待了两天娘就抹了两天眼泪。

第三天王小六开着小货车去了镇上。

转了小半天终于把小货车堵在了李老二的自行车前头。

李老二还是骑着那辆破自行车。李老二说:"小六子你出息了啊,不做自行车生意改做汽车生意了。"李老二说罢又补充了一句,"只是别又赶上拉肚子了。"王小六笑着说:"你说话怎么有股厕所的味道,骂人不揭短打人不打脸,都是哪辈子的事了?"

李老二就"呵呵"地笑。

王小六踢了李老二的自行车一脚,然后给李老二点了一根烟。王小六说:"老二哥,咱们商量个事,你的这辆旧车我收了,或者算是我买了,我也不会亏待你。瞧,我已经给你准备了一辆新车,还是市面上有牌子的。"

王小六一边说一边就从小货车的后厢里搬出一辆还裹着包装纸的自行车。

这回轮着李老二笑了。李老二说:"小六子,看来你是真出息了。人家都说为富不仁你却正好相反,你这是回家扶贫来了。宁愿做赔本的买卖呀,好人,你可真是个好人。"

王小六说:"这不都是乡里乡亲的吗?"说着又递给李老二一根烟。

这一次李老二没有接烟。

李老二说:"小六子你也太聪明了。我知道你惦记我这辆破自行车是因为它让你产生了痛苦的回忆,这辆自行车一天不消失你就一天不安宁,是不是?你现在有钱了开始讲究脸面了,你想收回这辆破自行车挽回你的脸面。可你光顾你王小六的脸面却忘了我李老二。你也不想想,我用一辆破车换回一辆新嘎嘎的车,镇上的人岂不骂我是占便宜的人? 到时候我的脸面又往哪里搁?"

王小六好半天说不出话来。

王小六最后说:"老二哥你把事情想复杂了,我们再商量商量。"

王小六说话的时候几乎有些哀求了,把着李老二的自行车不松手。

李老二拍了一把没有垫子的自行车屁股,车弹簧哗啦直响。李老二说:"你大老远拉回来一辆新车却要跟我换旧车,你自己复杂还说我复杂。"

李老二有些不耐烦了,推着车准备走。李老二口气很硬地说:"王小六你把手拿开,张老四还等着我去打麻将呢。"

王小六就松了手,看着李老二甩腿骑上了那辆破自行车东倒西歪地走了。

自行车咔嚓咔嚓的声音像刀子一样一下一下扎在王小六的心里。

初八那一天

吴克龙

愣蛋因为有些愣,都三十好几了,还没有找到媳妇。和愣蛋相依为命的父亲急,愣蛋也急。

这天下午,村里来了个四十岁左右的女人,自我介绍说是个寡妇,想找个人家。村里人就想到了愣蛋,马上把这一消息告诉了愣蛋的父亲。当天晚上,愣蛋的父亲就把那个女人领回了家。

女人说她死去的丈夫姓王,人都喊她"王嫂"。王嫂说,她不图男方家里多富有,也不图男方丑和俊,有口饭吃能过日子就行。愣蛋的父亲觉得王嫂很实在,就把家里的情况一五一十地告诉了王嫂。王嫂很满意,就同意了和愣蛋的婚事,当天晚上,就和愣蛋住在了一起。

愣蛋虽然没碰过女人,但他从电视里看过男女接触的镜头,听别人讲过男女的那些事,他也偷看过远房大哥大嫂两人真砍实杀的场面。愣蛋需要女人,他对女人有一种难以名状的渴望。机会总算来了,他看着眼前活生生的王嫂,心里又喜又急,也不管王嫂乐不乐意,抱着王嫂就往床上压。

王嫂不同意,说:"身上脏。"说着,就硬把愣蛋推下了床。

愣蛋说:"我去烧水给你洗洗。"说着,就要进厨房。

王嫂说:"你不懂,我说的是那里脏。你要是硬来,我就不在你家了,这就走。"

愣蛋听王嫂说要走,一下子急了,连忙向后退了两步说:"别走,我听你的,你什么时候让我那个我就那个。"

就这样,愣蛋和王嫂在一起睡了三个夜晚。王嫂不许愣蛋碰,愣蛋就真的没碰王嫂一下,他怕王嫂走。别人拿愣蛋开玩笑,问愣蛋和王嫂那个舒服不舒服。愣蛋就说:"她说身上脏,不让碰。"

王嫂在愣蛋家住了三天,王嫂要走,说是回去把不满十岁的女儿带来。王嫂哭着说:"给丈夫治病欠了人家五千块钱,不把钱还了,婆婆就不让带女儿。"愣蛋的父亲看王嫂怪可怜的,就给了王嫂五千块钱。

王嫂拿着钱走了。临走时,她告诉愣蛋,等她回去还了账,再把一些事情处理好,她就带着女儿回来。王嫂要愣蛋记住,到下月初八那天,她一定回来,要愣蛋拉着平板车去乡驻地的集市上接她,并且还说了准确的地方。

初八乡里逢大集,愣蛋是知道的,他也经常去赶大集。这个日子,愣蛋记住了,自从王嫂走后,愣蛋就天天盼望着这一天早点到来。

王嫂走了,而且带着愣蛋家的五千块钱走的。村里人都说:"王嫂肯定是个骗子,不会再回来的。"但愣蛋的父亲不信,愣蛋更是不信。愣蛋说:"王嫂在下月初八肯定会回来的。"

在愣蛋的急切盼望中,初八这个日子终于到了。这天早上,愣蛋兴奋得连饭都没顾上吃,就拉着平板车赶往集市,去了王嫂和他约好的地方。可是,一直等到太阳落山了,也不见王嫂的影子。

愣蛋没有把王嫂等来,愣蛋的父亲才相信村里人的话,才认识到自己上了当受了骗。但看着愣蛋那可怜兮兮的样子,一句埋怨的话也没说,不住地唉声叹气,一袋接着一袋地抽着旱烟。

愣蛋没接到王嫂,但他不信王嫂会骗他,他相信王嫂一定会回来。到了下月的初八,他不顾父亲的阻拦,依然拉着平板车去了集市。可是,从早上等到天黑,照样没有等到王嫂。

一个初八,两个初八,愣蛋一直等了八个初八。谁也没有想到,在第八个月初八那天中午,愣蛋终于等来了王嫂。

王嫂是独自一人来的,她没有带女儿,也没有带其他东西。

愣蛋见到王嫂,心里特别高兴。王嫂看到愣蛋,却感到特别意外。当王嫂得知愣蛋每月初八都来等她时,王嫂才从惊讶中醒来。王嫂的心中,既感动又沉重。她望着一脸傻笑的愣蛋,一时不知说什么好。

在愣蛋的一再要求下,王嫂坐着愣蛋的平板车,满怀心事地来到了愣蛋家。

王嫂回来了,这个消息很快传了出去,好多人都情不自禁地来了愣蛋家。那些说王嫂是骗子的人,看到活生生的王嫂,心里不由内疚起来。

愣蛋可真会看人,说王嫂不是骗子,还真说准了呢。

王嫂可真是个好人,不管走了多长时间,人家毕竟又回来了。

愣蛋这回总算有了媳妇,他的老父亲也算了了一桩心事。

傻人有傻福,说不定王嫂还能给愣蛋生个儿子呢。

见到王嫂,人们就忍不住了,你一言我一语地议论纷纷。人们的议论虽然声音不大,可还是传到了王嫂的耳朵里,王嫂心里很不是滋味。

"我对不起愣蛋爷儿俩啊。"王嫂说话了,人们立刻安静了下来。

"其实,我就是个骗子啊,就是为了骗钱,我才说要嫁给愣蛋的。"王嫂说这话时,脸颊绯红,满脸羞状。

"啊?"人们几乎同时发出了惊讶之声。

"我丈夫出了车祸,花了很多钱。人家都认为我丈夫没救了,即使是能保命也是个残废,认为我没有偿还能力,所以都不愿把钱借给我,亲戚熟人都借了个遍,只借了一点点。但是,我不能眼睁睁地看着丈夫等死,有一线希望我也要争取啊。所以,我就想到了骗婚骗钱。骗到钱,我就得立即送给医院。为了筹到更多的钱,我不只骗了一家,我不是个人啊。还好,那个肇事司机终于被查到了,也把钱赔给了我们,我今天是来还钱的。请愣蛋爷儿俩原谅我,请大家原谅我吧,我会记住愣蛋爷儿俩大恩的。"在人们惊讶过后,王嫂"扑通"一声跪了下来。她边说边流泪,手里举着一沓钱。

一片唏嘘声,又是一片寂静。人们不约而同地看着王嫂,同情和敬佩的目光一同洒在了王嫂的身上。

"嘿嘿，我说王嫂不是骗子嘛。"愣蛋看着眼前的一切，似乎也明白了什么，突然傻笑着说。

"愣蛋，你是个好人，我对不起你。如果你同意，我的女儿就拜你为干爹，等你老了，让她来伺候你。"王嫂站了起来，由衷地对愣蛋说。

"我同意，我还要你当我媳妇。"愣蛋一把抓住王嫂说。

"愣蛋，我丈夫还需要我照顾，我不能当你媳妇啊。以后，每年春节前的腊月初八，我都会来看你们爷儿俩的。你要记住这个日子，到时去接我。"王嫂苦涩地笑着说。

在那遥远的地方

夏　阳

　　导演想风，都快想疯了。

　　可就是没有风。

　　七月末的大草原，烈日当空，天气闷热得像个大蒸笼，连一丝风都没有。这是一个洗发水广告片的拍摄现场。厂家为了开拓市场，不惜重金打造广告宣传片。他们聘请了国内知名的导演和一流的工作团队，还求菩萨一样求来了一位当红的影视歌三栖女明星。剧本敲定了，场景选好了，摄影、美工、演员等均各就各位，却没有风。没有风，这广告片还怎么拍？

　　导演急得抓耳挠腮，背着手不停地踱来踱去，时不时地望一眼插在草坡上的旗杆。旗杆上的旗子像被掐断了脖颈，蔫头耷脑，纹丝不动。空气似乎凝固了。

　　女明星躲在车里，吹着清凉的空调，百无聊赖。等到太阳落山了，女明星从瞌睡中醒来，望了望车外，哈欠连天地说："回吧。"

　　第二天，一帮人早早地来了，坐在原地，整装待发。风像个淘气的孩子，似乎和他们耗上了。临到下午，女明星沉着脸，率先回酒店歇息去了。

　　第三天，仍是如此。女明星的脸色更难看了。

　　怎么办？不能这样干等了。剧组连夜开会。没有自然风，只能人造了。有人提出用鼓风机。女明星当即反对，说："鼓风机风太大，吹起沙粒草屑，伤了我皮肤怎么办?"导演赶忙打圆场说:"又不是拍武侠片,我们要那么大的风干啥?买电风扇吧,电风扇好。"

这点子还真管用。

二十台电风扇,在灼热的阳光下,摆着不同的姿势,高低错落,气势磅礴,如同草原上朵朵盛开的向日葵。广告片于是开拍:在那遥远的地方,草原辽阔,居住着一位好姑娘。人们走过她的毡房,都是频频回头,留恋地张望。她那粉红的小脸,好像红太阳;她那美丽动人的秀发,在风中飘扬……

片子拍完了,大家又犯愁了:这二十台电风扇怎么处理?

导演看了看大家,说:"总不能扔这里吧,要不每个人分一台?"然而,没有人吭声。现如今,谁缺这玩意儿呀?再说了,总不能千里迢迢扛个累赘去挤火车上飞机吧?

制片主任想了想,问地陪:"最穷的学校在哪儿?地儿不要太远。"地陪沉吟了一下,说:"赵家沟。翻过前面的山坡,离开大马路,走个三里地,就是赵家沟。学校的孩子可苦呢。"导演听了嘿嘿笑,问:"是你们村吧?"地陪脸一红,尴尬地点头。制片主任说:"没关系,就赵家沟,也算是对你这几天来工作的感谢。"

这样,在回去的路上拐了一下,七八辆车浩浩荡荡开进了赵家沟小学。

学校正放暑假。地陪赶忙找来校长、老师和村干部,又召集了十几个学生。大家在坑坑洼洼的操场上,简单地弄了一个电风扇捐赠仪式,并合影留念。校长喜滋滋地对女明星说:"这下可好啦,以后夏天就不用愁了。"

女明星心头一热,掏出五百块钱塞在校长手里,叮嘱道:"给孩子们买几支笔吧。"剧组其他人员一看,也纷纷效仿。

校长眼里含着泪给人家鞠躬,一个劲儿地表示道歉:"不巧遇上放暑假,娃不多,仪式太简单了。"

两个小时后,在一片敲锣打鼓的欢送声中,七八辆车告别了赵家沟。尘土飞扬里,女明星一回头,猛然发现学校操场边燃着几炷香,一个上了年纪的女人跪在一旁,正对着他们离去的方向,虔诚地磕头。

女明星问地陪是怎么回事。

地陪说:"她是学校煮饭的,疯婆子,甭理会。她好迷信,肯定是把你们当菩萨下凡了。"

女明星鼻子一酸,眼泪涌了出来。

剧组在赵家沟小学捐钱赠物的事迹,被当地有关部门写成了新闻,众多媒体纷纷报道。一时,好评如潮。

厂家非常满意这种效果。董事长在剧组的庆功宴上,举杯感谢大家不仅为公司创造了经济效益,也带来了不小的社会效益。董事长当即表示,再追加一百万元,作为奖金分给大家。这是题外话,扯远了。

该说说王东了。

王东是广东一名房地产商,爱好收藏。王东在网上看到这条新闻,突发奇想:这么经典的广告片,这么大牌的明星,这么知名的导演和团队,如果把那些电风扇收藏起来,若干年后作为历史的见证物重见天日,肯定会引起轰动,肯定会价值不菲。

于是,王东悄悄地上路,在一家物流公司租了一辆卡车,拉着一车新买的课桌椅,风尘仆仆地赶到赵家沟。王东的到来,把校长乐坏了。校长要找人张罗欢迎仪式,王东赶紧阻拦道:"还是让孩子们好好上课吧,我不过是在做点自己该做的事儿罢了。"

搬完课桌椅,王东让校长陪他到处转转。正值九月,天气还是有些炎热。王东抹了抹脸上的汗水,问校长:"为啥不给孩子使电风扇?"校长解释道:"刚开学,乱糟糟的,教室里还没来得及拉电线呢。"王东看着破烂不堪的教室,说:"拉电线又得费不少钱,为一台电风扇不值。"校长迷惑不解地问:"给娃们热天上课用,咋不值呢?"王东说:"他们是好心办坏事,我们城里的学校装的都是吊扇,哪有用台扇的?你想啊,这台扇的电插头电了人怎么办?扇叶子伤了手怎么办?你们晚上又不上课,干吗非要这样浪费?像这样的房子,没装避雷针,一旦拉了电线,雷雨天容易发生雷击,重则死伤,轻则火灾。"校长如梦初醒,嘴里直嘀咕:"是啊,我咋没想到这些呢?"

又转了一会儿，王东跺跺脚，认真地看着校长，说："唉，这些电风扇，其实是烫手山芋，你用又不是，不用搁这里也浪费，还容易招来闲话。这样吧，好人做到底，我出五千块钱，你全卖给我，我拿回去给手下工人使。你拿这钱用在刀刃上，整一整这操场，别让孩子们一上体育课除了跑步还是跑步。"

校长紧紧握着王东的手，热泪盈眶。

就在王东的车满载着电风扇离开赵家沟时，尘土飞扬里，他从后视镜里猛然发现学校操场边燃着几炷香，一个上了年纪的女人跪在一旁，正对着他的车离去的方向，虔诚地磕头。

溪 麻

邢贞乐

溪麻(学名叫"淡水鳗鱼")属鱼类,似蛇,无鳞,肉实耐嚼,香滑可口,生长于河溪池塘,特喜咸淡水交汇之处。望楼河从石门子顺流而下,在望楼港入海,咸淡交汇适宜溪麻生长。过去河水丰足,河潭中很易捕到溪麻。现在河水少了,别说溪麻,就连鲤鱼都绝了迹。

于是,开始有人在望楼河上游挖塘养溪麻。流鼻四与斜眼二就在丰塘村合伙开了一口大鱼塘,养了一万尾溪麻。去年冬天,溪麻上市,每条重七八斤,斜眼二碰都不敢碰,因他自小就怕蛇。

说来也怪,过去望楼河人喜欢吃溪麻,现在溪麻上市却连看都不看。无奈,流鼻四与斜眼二只好给溪麻打氧,运到海城去卖。可海城养溪麻的人也不少,加之城里人也开始学乖,说溪麻属无鳞鱼,胆固醇含量高,不敢吃。流鼻四急坏了,拽着斜眼二火急火燎去向哥们儿李三求救。李三经过分析,总结出溪麻滞销的主要原因:一是现如今城里人非常注重健康;二是溪麻价格昂贵,普通居民消费不起。然后,他对流鼻四说:"溪麻的促销方向只有对准阿'公'。"他凑近流鼻四用手比画着,如此这般暗暗授计。流鼻四不时点头,连说"高"、"妙"。斜眼二腿脚一直打架,仿佛大难临头的样子,末了被李三踢了一脚:"你呀,就是这副德行,怕风怯雨改不了老鼠胆。"

回到村里,流鼻四着人放出风声,说望楼河里现在有野生溪麻了,有的

179

还上岸吃农舍里的猪崽。尽管无人相信,但每天都有几个平时捕鱼捉蟹的孩子从河里捞出几条溪麻到镇上来卖,而且比市面价要便宜一半。于是,镇上一传十,十传百,说现在溪麻如何如何便宜,吃猪崽的溪麻如何如何好吃,餐馆的生意登时火爆起来。镇委、镇政府、工商所、税务所、财政所、派出所、国土所、卫生所,天天都有接待,顿顿都有订餐,后来也没人顾及溪麻的价格了,餐馆的老板娘个个都歪着嘴笑。

过了十天八天,捉鱼的孩子们都说溪麻捉完了。这回可不得了,镇上大大小小各级领导不下两百人,嘴都吃馋了,没到吃饭的时候他们就结伴到餐馆去占位置。流鼻四每天开着辆车从镇上驶过,逢人便打招呼说拉溪麻到海城去卖。老板娘个个都急疯了,派人到路上去拦截,流鼻四一见拦车的就加大油门"呼哧"一声,卷起一圈圈灰尘,把他们呛得泪涕横飞。

镇上各级领导馋急了,于是在一起商议。有人提出到镇政府去请愿,非得把流鼻四的溪麻留下来。镇长爱民如子,及时召开了镇长办公会议,讨论应对策略,最后做出了冠冕堂皇的决策:"为了落实中央一号文件,保护农产品基本价格,调动广大麻农的积极性,镇政府决定以保护价收购本镇生产的所有溪麻产品以满足市场需求,具体工作由财政所和望楼河餐饮协会组织实施。"

流鼻四坐在塘口跷着二郎腿吹着口哨垂钓,斜眼二在草寮里生灶,鱼塘里的溪麻时而滚出水面溅起几朵水花。

几个餐馆老板汗流浃背来到鱼塘,拿出镇政府的红头文件,斜眼二看后高兴得登时就去拿渔具,流鼻四即时制止:"且慢,先谈好保护价。"

餐馆老板们你看看我我看看你,是呀,政府的文件也不明确。于是有人提议,本着互利互惠的原则,供需双方对等谈判。最后的结果是,略高于时价以每斤九十元的价格作为保护价。

双方无异议。

在流鼻四的监督下,斜眼二双手颤抖着与餐饮协会签下了每天两百尾的供货合同。

不出两个月，一万尾溪麻就被镇上的各级领导吃得精光。流鼻四和斜眼二赚得盆满钵溢，而餐馆酒店却落下了一摞摞赊账。

几个老板娘聚在一起，暗地里又给流鼻四起了一个更滑的外号——溪麻！

小头佬

徐水法

奇人有奇事，在黄店村，说的是前不久刚去世的黄土林。

黄土林刚出生时，和别人不一样，人家是头先出，他是脚先探出。还好没有难产，小胳膊小腿白里透红，像刚挖出洗净的嫩藕一样，接生婆莲姑大声报喜，是个男孩子。可最后小得和身躯实在不成比例的头一出来，吓得莲姑一屁股坐到了地上。

他除了头小了一匝，其他和常人没有什么两样。风里长雨里长，粗茶淡饭一样养人，很快，黄土林长成二十来岁的后生仔，还是和小时候一样。除了头小得和他高大的身躯有点儿不太协调，乍一看，长得又壮实又魁梧，用农村里的话说，是毛竹扁担拦腰掼几下也不会倒下的壮后生一个。

土林十几岁时，丧夫数载的寡母想着一句老话，荒年饿不死手艺人，就送他去学木匠。那时土林人还小，师傅让他天天拎个大斧劈大梁。三天下来，土林累得趴下了。就送他去学泥水匠，土林站在高高的竹架子上，拿个线锥怎么也挂不好。小头探出不多，看不清下面的角度，没法对准挂线锥；身子探出太多，重心不稳，摇摇晃晃要坠下的样子连师傅也看得心慌。后来又送他学篾匠、箍桶匠等，都是学不了一月半月的，母亲只好作罢，叹一声："种田的命。"

也正应了他母亲的话，上山下地，犁耙耕耖，田里地里的活儿没有一样不精通的。黄店村四面环山,山地多水田少,阳光不足,水稻一年一熟。邻县诸暨平畈是闻名遐迩的产稻区,一年两熟水稻,素有"诸暨湖田熟,天下一餐粥"的美誉。诸暨早稻收割时正是黄店村一熟稻灌水分蘖空闲时,于是,村里素有传统,这段时间壮劳力都去诸暨割稻种田赚点外快钱。

土林第一年去诸暨割稻就割出了大名声,是因为他第一次为东家种田。诸暨浦阳江平原地势平整,田块很大,种田一般要先用细细的麻绳在田中一格格分好,人就站在格子里种,这样种出来的秧苗横对竖对都是直线,整齐好看。那天东家带土林和一起去的帮工在离村子较远的田里种田,不慎把田绳落在家里了。回家拿起码得要一个多时辰,把个东家急得直骂娘。土林说:"东家你别急。"东家说:"你个小头佬,我能不急吗?这一来一回等到拿来田绳,今天这田还不耽误啊!"

土林不声不响地拿过一个秧把,走到已经把好可以插秧的田块前,站在田塍上在估摸是田块中间的地方插下一棵秧苗,又跑到百余米的对面,也插下一棵秧苗。接着大声对东家说:"东家你看好位置,我一路走下来,在两棵苗中间再插一棵,你帮我对一下,一定要三点成一线。"然后,他在东家的指挥下,在两棵苗中间同一条直线上插下了第三棵秧苗。

插好三棵苗后,土林说:"东家你和大家先歇会儿,看我的。"他下到田里,以这三棵秧苗为参照线,开始六棵一横插起秧来。开始东家和其他人都想看土林的笑话,这个小头佬从山湾疙瘩出来,百余米长的距离,平时有稻绳拉着一不留心也要走样,所以有几个老种田佬都不敢出头,你个初出茅庐的后生,不丢人现眼才怪呢!渐渐地,随着土林边退边飞快插秧,直是直,横是横,比一般人线里种田还要规整,一个个人的眼都看直了,脸上都是惊叹的神情。很快,整丘田中间一长条矩形的绿油油的秧苗出现在大家的视线里。然后,大家傍着土林种好的秧块,很快整丘田绿意葱茏起来。山里佬那个种田高手小头佬惊呆了诸暨平畈种田佬,这句话从此传了几十年。

几十年弹指一挥间,黄土林除了头依旧小没有多大改变外,早先笔挺的身子开始渐渐有弧度了,岁月不饶人啊!在黄店这个小山村里默默了几十年的土林,居然一夜之间成为了全国的名人,这事恐怕连他自己做梦也想不到,更不要说从此对他仰视的村民了。

现在农村里家家用上了煤气灶,只有土林依旧一有空就上山砍柴,还是几十年的柴火灶。倒不是买不起煤气灶,用他自己的话说,松枝烧火又旺又耐烧,何况闻惯了几十年的松香味。烧柴人家不多了,山上山下的树草是一年比一年茂盛,山上的飞禽走兽也越来越多,上山看到野猪悠闲溜达是常事。

这一天,不知从哪儿飞来一只巨大的老鹰,只见它一头俯冲进一户人家的庭院,把人家用小棉被刚严严实实裹好准备抱着出门的小孩叼走了。于是,这家人和全村在家的人都跑出来追赶老鹰。这老鹰任人们追赶叱骂,一路飞到离村不远的一棵大松树上,把小孩扔到了自己的鹰巢里。这时人们才想起来,前几天这里有只小鹰从树上掉下来被叼走小孩的人家捡走,原来是老鹰来报复了。仰头看看树,好几十米高,谁能爬得上去啊!

怎么办?有人说去请外村善于爬树的人来,也有说打电话让110来,警察一定有办法。这时有人拨开人群挤上前来,人们一看,是收拾停当的小头佬土林。只见这个已经年过六旬略显佝偻的老头儿,全身上下,除了五官和双手,穿得严严实实,一把锃亮的柴刀别在后腰上,脚上是那种长到膝盖的草鞋袜,又白又软。特别显眼的是,头上密匝匝裹着的是平时上山下地扎在腰上的白棉布。他说一声"我试试看",就不顾别人劝阻,"呸呸"两口唾沫吐在手心,双手搓了几下。刷刷,一下又一下,土林轻轻松松地向树上爬去。下面看的人开始还半信半疑在议论他,看他越爬越高,渐渐地,一个个屏住呼吸,反而为他担心起来。

聪明的老鹰发现了这个入侵之敌,一次次俯冲下来,用锋利的嘴去啄土林的头,可是有准备的土林早把头包好了。终于到了有树杈的地方,土林更是如猿猴一样敏捷,一手攀住树枝,在树枝间钻来钻去,一手拿出柴刀驱赶老鹰。老鹰讨不到便宜,只好哀号着一飞冲天。土林抱过孩子,解下头上的布,把孩子紧紧系在背上,然后双手抱住树干,双脚环住树身,飞快地滑下树来。当不甘心的老鹰俯冲下来时,他已经快到地面了。众人一边齐声驱赶老鹰,一边纷纷伸出双手来接土林和孩子。

几天后,报纸上、电视里都有了土林救人的奇事,一夜之间,小头佬土林名扬天下。

杨一民的一天

胡天翔

杨一民是个菜贩子。

清晨,杨一民骑着空三轮,去城东的蔬菜批发市场批了一车菜。

杨一民卖菜的那条街叫大华街。大华街上是禁止卖菜的,街道规划的有蔬菜市场。租不起摊点,杨一民这样的小贩子就推着自行车、三轮车、架子车甚至挑着两个箩筐在路边卖。对他们的流动卖菜行为,有时城管管,有时工商管,有时没有人管。

杨一民刚把三轮车在路边停好,过来一个买胡萝卜的。拣好萝卜,杨一民刚要过秤,街北头传来大喇叭的吆喝声——"城管来了"。想着城管一会儿才能过来,杨一民就接着称萝卜。萝卜称完了,买萝卜的掂着走了,杨一民却走不掉了。听见大喇叭一响,街北头的菜贩子老鼠一样闪进了巷子里,城管的车"呼"一下就开过来了。没有车牌的白色"半截头"停在杨一民小小的三轮车前。从车里下来一个穿制服的年轻人。杨一民讨好地微笑,"制服"看着他,什么也不说。

"我不卖了,我回家。"杨一民说。

"那你就回家吧。""制服"说。

"制服"生气了,抓住三轮车车帮,没用劲就把车子掀翻了,胡萝卜、白萝卜、土豆、西红柿、辣椒,骨碌碌地在地上滚。

"你赔我的菜。"杨一民抱住了"制服"的右腿。

"好,我赔你的菜。""制服"真生气了,他不管不顾地走着。杨一民像是绑在他腿上的沙袋。"制服"拖着杨一民走,杨一民拖着地。

看到围观的人越来越多,"半截头"上又下来个年轻人,平头。"平头"吐了一口痰,弯腰抓住了杨一民的右脚。平头要把杨一民从"制服"身上拉开。杨一民抱得紧,"平头"一使劲儿,拽掉了杨一民的一只鞋。杨一民脚上的鞋太破了,鞋帮和鞋跟拽开线了。平头差点跌倒,生气了,扔了鞋,一抬脚就端到杨一民的屁股上。杨一民的屁股受了这一"脚掌",疼痛通过大脑指挥双手,杨一民乖乖地松手了。

"你别松手啊!治不了你?!""平头"说。

"你还想讹人哩!""制服"说。

他们挤出人群,钻进车子,开着走了。

躺了一会儿,杨一民站起来,找到鞋子,却穿不上了。光着右脚,杨一民拾地上的胡萝卜、白萝卜、土豆、西红柿、辣椒。总还有些没烂的。杨一民推着三轮车来到汤全喜的鞋摊前。杨一民和汤全喜认识。

"惹他们干啥?"汤全喜说。

"唉!"杨一民叹气,"多少钱?"

"不要了。你够倒霉的。"汤全喜说。

"唉!"杨一民说。

下午,怕再遇见城管,杨一民骑着三轮车在巷子里转悠、吆喝。累是累点,到四点多,菜也就快卖完了,没想到却来了好运。在一个巷子里,三个妇女围着杨一民的三轮车拣菜,过来一个骑电动车戴墨镜的年轻人。连电动车都没下,"墨镜"递给杨一民一张五十的票子,说称四斤辣椒。接过钱,新崭崭的,杨一民就塞进了裤子兜里。接过辣椒,没等杨一民去胸前挂的破包里找零钱,"墨镜"把开关一拧,电动车走了。

"找——"看着墨镜的电动车跑远了,杨一民没喊出来。他的声音低了下去。

无心再给三个妇女讲价,称完菜,杨一民骑上三轮车紧蹬几下,离开了那条巷子。没找的钱就算城管赔弄烂的菜了。杨一民安慰自己。

走到大华街,汤全喜还没收摊。想上午补鞋,汤全喜没要钱,一高兴杨一民就喊汤全喜去喝两盅。在小酒馆,点了四个小菜,要了两瓶半斤的二锅头,一人一个一次性杯子,杨一民和汤全喜一口接一口地喝上了。喝着喝着,一瓶酒就剩小半瓶了;喝着喝着,杨一民的脸变红了;喝着喝着,杨一民说话了。

日他娘,今天没白挨打,捡了个便宜。杨一民把四斤辣椒卖了五十块钱的事给汤全喜说了。

"我说你咋上午挨打,下午还请我喝酒哩!"汤全喜说。

二锅头喝完了,又要了两小碗刀削面,一算账,正好五十。从褂子兜里掏出那张五十的票子,杨一民递给酒馆老板。老板看了正面,又看了反面,还对着灯光照了照,终于把纸币放进了验钞机。

那个绿色的盒子发出了刺耳的警报声。

"日他娘啊……"杨一民直跺脚。

夜晚十点,杨一民回到家,妻子已经睡了,十岁的儿子却还在看电视。坐到沙发上,杨一民的酒劲儿上来了,他让儿子给他倒茶。可能是电视机的声音太响没听见,也可能是被电视节目吸引住了,孩子没有端起茶几上的茶杯。

杨一民生气了。他从沙发这头走到沙发那头,抓着儿子的胳膊,把他拉起来,使劲儿地摇晃着说:"给我倒杯茶你听见了没?"

看着父亲红红的眼睛,孩子被吓坏了,茫然地摇头。

"你就知道看电视,让你看,小兔崽子!"杨一民脱下刚补好的鞋,一下一下地抽打着儿子的屁股。孩子哭了起来:"爸——妈——"

杨一民没有停下来,他挥着鞋说:"小兔崽子,让你哭!让你哭!"

孩子的哭声惊醒了妻子。看着一身酒气的杨一民,妻子关了电视,拉着儿子进了里屋,重重地关上了门。

喝了两杯茶,杨一民躺在沙发上睡了。

一会儿,他就打起了鼾。

1980 年的橡皮

于心亮

张蚂蚱来找我,说:"地龙,泥鳅借了我两千块钱,一直没还。"我说:"泥鳅没打借条?"张蚂蚱说:"打了。"我说:"既然打了,你拿着借条跟他要就是了。"张蚂蚱跺跺脚说:"关键问题是,泥鳅打的借条让我给弄没了。"我一听,就知道来故事了,于是就问张蚂蚱怎么办。

张蚂蚱气恼地说:"我要有办法,还用来找你吗?"我点点头,我知道我打小就聪明,更何况,泥鳅自来跟我关系就不错,如果我出面,问题还是比较好解决的。我点头答应,然后看看手表,说:"哟,时间不早了,你来一趟也不容易,中午我请你吃饭!"

张蚂蚱哪肯答应呢,他死拖硬拽把我拉进饭馆,非要请我吃饭。我很不高兴,叹着气说:"不就要我帮点小忙吗? 用不着这样客气。看你这事整的。"张蚂蚱说:"操,不找你帮忙,就不吃饭啦? 咱俩谁和谁? 两千块钱我并没看在眼里,就是觉得咽不下这口气!"

这顿饭吃得很好,我和张蚂蚱说了许多儿时的故事,比如一起偷摘瘸腿张老五的苹果,惹得张老五追的时候掉进粪坑里;比如在讲台上涂上蜂蜜,引得蚂蚁黑压压一片,吓得女老师尖叫不已;再比如把教室玻璃打碎,然后诬陷是泥鳅干的……真是别有滋味啊!

可如今泥鳅借了张蚂蚱的钱不还,这是令人想不到的。我安慰张蚂蚱

189

说："泥鳅不是赖账的人,也可能是真想不起来了。这事你既然找我,我决不能袖手旁观,我下午就帮你说说去。咱们都是打小光着屁股长大的好朋友,哪能转脸就不认账呢?"

张蚂蚱气愤地说："地龙,我是顾及老交情,才让你去帮着说的,否则我早找人收拾泥鳅了。""不就两千块钱的事儿吗?"我说,"看你说哪里去了,糊涂事咱可不能干。这么大的人了,都上有老下有小,好日子不想过啦?"张蚂蚱嘟囔着说:"反正……这事你看着办吧。"

到了下午,我就给泥鳅打电话,刚提到张蚂蚱的名字,泥鳅就说:"要是帮那小子要钱,咱们就免谈。"我说:"要钱? 要什么钱?"泥鳅说:"你不是帮着张蚂蚱来跟我要钱吗?"我说:"靠,我压根儿就不知道这回事。"泥鳅就缓和了口气问我啥事。我说:"晚上一起吃饭吧!"

晚上吃饭的时候,我和泥鳅说了许多儿时的故事,比如一起偷摘瘸腿张老五的苹果,惹得张老五追的时候掉进粪坑里;比如在讲台上涂上蜂蜜,引得蚂蚁黑压压一片,吓得女老师尖叫不已;再比如把黑板擦的毛扯掉,然后诬陷是张蚂蚱干的……真是别有滋味啊!

说起张蚂蚱,泥鳅就有些不自在。我叹口气说:"一晃三十多年过去了,现在都上有老下有小,不容易啊,比如张蚂蚱他老婆……唉!"泥鳅说:"张蚂蚱的老婆怎么了?"我说:"你不知道?"泥鳅说:"不知道。"我说:"张蚂蚱老婆肚子里长老大一个瘤子,据医生说不是好东西!"

泥鳅就怔住了。我说:"对了,白天你说我帮着张蚂蚱要钱,怎么把我给弄糊涂了呢?"泥鳅苦笑着说:"实话告诉你吧,我借了张蚂蚱两千块钱,一直没还。"我说:"你怎么不还呢?"泥鳅说:"不是不想还,就是想起小时候发生的故事,到现在我一想起来就有气!"

我说:"怎样的故事? 说出来听听。"泥鳅就说:"那是 1980 年,刚上一年级,张蚂蚱借过我的橡皮,过后却赖皮说没借过,害我回家挨了我妈好一顿打。那时一块橡皮五分钱,是我妈拿鸡蛋换的。张蚂蚱这样做,不仅对不起我,而且还对不起我妈呀!"

"我要让张蚂蚱尝尝被赖账的滋味!"泥鳅恶狠狠地说。我不知怎样去安慰泥鳅。正在这时,我的手机响了,是张蚂蚱打来的。我借故去洗手间,接了电话。张蚂蚱问我事情办得咋样了,我说:"正谈呢,泥鳅这家伙挺不好说话的。"张蚂蚱说"知道了",随即就挂掉了电话。

回去以后,泥鳅跟我碰杯,说:"地龙,我刚才想过了,还是把那两千块钱还给张蚂蚱吧,我不看你的面子,也要看他老婆的面子,这毕竟是人命关天的事情啊!"听了泥鳅的话,我很感动,所以当我们俩走出酒馆,迎面撞来一辆车的时候,我狠命地推开了他!

…………

开车的是张蚂蚱,他本来想撞泥鳅,没想到撞到了我。张蚂蚱被警察带走了,我也住进了医院。万幸的是我躲闪快,仅受了点皮外伤,但浑身的疼痛还是令我不敢动弹。泥鳅很感激我,说我救了他的命,于是一趟趟来医院看我,并且还主动垫交了住院费……

医生和护士都说我可以出院了。但我不想出院,我想多住几天,好好观察观察。闲着没事我就想小时候的故事,我记得我刚上学那年是1980年,泥鳅的妈妈偷过我家一个鸡蛋,我妈怀疑是我偷的,害我挨了我妈好一顿打。我还记得,那时一个鸡蛋五分钱。

所以一想起我妈打我的事,我就感觉浑身疼得直哆嗦。

怪 病

远 山

我叫陈东，是我们本地一所大学的老师。

今年夏天，我得了一种怪病。我的脚底起了黄色的水泡，不痒，但是钻心地痛。严重的时候，双脚都不敢着地，只好买一副拐杖拄上。我到医院去找一位老同学——皮肤科专家郑成。郑成看了半天，也说不出个所以然，最后，含糊其辞地咕哝了一句："是癣吧。"我马上说："不是癣，癣痒，可我一点儿都不痒，就是一个劲儿地痛。"郑成说："先开点消炎粉、止痛膏试试吧，不行再来。"谁知道，用了郑成开的药后情况更糟，不但没有止住痛，脚底还溃烂起来。

郑成解决不了问题，我就去看一位老中医。老中医很有把握地说："一水治百病。你这病，啥药不用抹，你去浴室泡澡，一泡准好。"按老中医的法子，我一有空就到浴室里去泡澡，然而，我的脚底照样溃烂，痛得钻心。不仅如此，此后不久街上渐渐地出现了一些和我一样拄双拐走路的人。不用问，他们得了和我一样的病——还是我传染给他们的。对此，我只能深表遗憾。

过了几天，我的老同学——皮肤科专家郑成打电话让我找他。我一到，郑成就拉我到一架显微镜前。显微镜下，我看到了一群动来动去的小虫子。郑成问我："看到了吗？"我说："看到了。"郑成说："看到了什么？"我说："看到了一群小虫子在动来动去。"郑成激动地说："哥们儿，那不是小虫子，那是从你脚底的溃烂物中分离出来的病毒,我已经将这种病毒命名为'陈东病毒'。"我一拳朝他胸前擂了过去,骂道:"你小子,想让我遗臭万年吗?"郑成嘿嘿地笑笑,说:"你可别不知好歹——我想让你永垂不朽呢。世界上千千万万的人都在奋斗,图的不就是名垂青史吗? 连我们的老祖宗孔夫子都说,君子疾没世而名不称焉。"我说:"既然你高兴用我的名字,你就用好了,反正只是一个符号,也没多大实际意义。我现在最关心的是,怎么治好这种病,怎么能尽快地解除我的痛苦。"郑成耸耸肩膀,然后双手一摊,说:"哥们儿,这我就无能为力了。"我说:"那你激动个屁啊!"郑成开心地笑了,说:"你不懂了吧? 能发现一种新病毒,就足以使一个人在医学界功成名就了。"郑成又进一步说,"发现问题,有时候比解决问题更重要。"

果不其然,不久,报纸上登出了郑成发现"陈东病毒"的消息,并且称,郑成的这一发现,已经被世界卫生组织所确认。该消息还说,世界卫生组织已将郑成作为诺贝尔医学奖的候选人推荐给诺贝尔奖评审委员会。电视台的记者也不失时机地采访了郑成。郑成面对记者的镜头侃侃而谈,那副小人得志的模样简直让人恶心。

郑成出了名,我们这个城市里像我一样挂着双拐走路的人却越来越多了,不久,我们这里就被宣布为疫区。

就在这时,我舅舅听说我得了怪病,便来城里看我。舅舅进城,先要走几十里的山路,然后再坐几个小时的汽车。到我家的时候,舅舅的两只解放鞋上沾满了黄泥,一进门就问我得了什么病。我把我的怪病讲给舅舅听。我一边说,嘴里一边嗤嗤地吸着凉气,以表达我的疼痛。舅舅听完,哈哈大笑,说:"是这呀? 好治。"说罢,舅舅叫我给他一只碗、两块抹布。舅舅将他解放鞋上沾的黄泥巴刮到碗里,和上水,调均匀了,再抹在布上,弄得像两张大膏药,然后解下我脚上缠裹的绷带,用抹上黄泥的布将我的双脚严严实实地包了起来。我正要对舅舅的行为提出异议,脚底却感到了一股凉意,而且,钻心的疼痛渐渐消失,直到无影无踪。我一下子愣在了那里。我挂着双拐,试着用脚轻轻地在地上点了一下,结果,一点也不痛。我又用力在地上踩了一下,还是不痛。我还是不敢相信,又使劲往地上踩了一下,真的不痛。直到这时,我才"咚"的一下将双拐扔到地上,眼泪如泉水般涌了出来。舅舅站在一旁,呵呵地笑,说:"怎么样陈东,我没骗你吧?李强(舅舅的儿子)就是这样。上大学的时候,一到学校,脚底板就起泡,流黄水,痛得钻心。放假回到家里,一赤脚下田干活儿,准好。时间一久,我都有经验了。"

这个法子是舅舅发现的。但舅舅是个农民,没文化,自然没有知识产权的概念。于是,我就以我的名义致函世界卫生组织,报告了我的这一发现。这一次,我也学能了,我绕过了我的老同学郑成,免得他小子再从中做什么手脚。

大官庄的官

王天瑞

　　大官庄不大,一百多户人家,四百多口人。大官庄没有官,别说在省里,就是在市里县里也没有当官的。也许是山中无老虎,猴子称大王,被乡政府食堂招去做饭的许牛就是大官庄最大的官了。

　　村民们每每讲起许牛,讲起许牛给乡长、书记打饭盛汤,端茶送水,讲起许牛与主任、主任助理唠嗑聊天,谈笑风生,无不眉飞色舞,赞叹有声。村民们即使看到许牛的爹娘、老婆、孩子,也要讨好三分,礼让三分。

　　村主任常结合亲身经历说:"全乡村主任到乡里开会,只有我能在乡食堂吃饭,还不要一分钱。其他村主任,哈哈,到街上小馆掏腰包去吧。"

　　阴历二月初二上午,大官庄发生一起不大不小的事件。运来家的一只母山羊挣脱缰绳,跑到许牛家的责任田里啃麦苗。其实,刚刚返青的麦苗被羊啃点危害也不大,值不得大惊小怪。可许牛老婆却疯了似的呼天抢地。山羊在前面跑,她掂一把铁锹在后面追,还跳着身子、拍着大腿、扯着嗓子骂,一直追骂到运来家。运来吓得直往墙角躲,身子矮下去大半截。运来爹慌忙道歉、赔情、说好话。许牛老婆不由分说,举起铁锹照着山羊砍了下去。只听"咩"的一声惨叫,山羊肚子开了膛。又听"哗"的一声响,肝肺肠胃淌了出来,还淌出两个没长全毛的小羊羔。

　　村民们有的站在路边竖着耳朵听,有的趴在墙头上瞪着眼睛看。

运来爹怒气冲冲去找村主任，要求赔偿。村主任说："咱村就许牛这么一个官，不要跟他过不去，算了吧。"

那年，运来十八岁，正上高中三年级。势单力薄的运来爹虽然怒气难消，但也毫无办法，只好给运来说："孩子，好好读书，将来咱也当官。"

秋天，运来参加高考，如愿考上了大学。运来爹那个喜哟，喜得做梦都在笑。运来爹说："砸锅卖铁也得供孩子上大学，那官不能光让人家当，也兴咱当当。"

运来走进了大学，四年时光转瞬即逝，毕业后被分配到青山市委办公室任秘书。运来爹陡然挺起了胸脯。村民们说："咱大官庄出了个真正的官。"村主任说："今后我到市里开会就有吃饭的地方了。"

阴历三月初三上午，运来突然接到爹的电话，急令他火速回家。原来，许牛老婆饲养了百十头猪，可猪圈却是用砖头和泥土砌成的，猪一拱就塌。昨夜，不知哪头猪发了狂，在圈墙上拱塌一个洞，百十头猪鱼贯逃出，把运来家的三亩麦田拱了个底朝天。运来爹说："你快回来，出出这口恶气。"运来说："我马上就回。"

下午，运来坐着一台大解放风风火火往家赶，进了村，径直开到许牛家的大门口。

许牛老婆吓得躲进屋里，用木棍顶住门。

村民们有的站在路边竖着耳朵听，有的趴在墙头上瞪着眼睛看。

村主任拨开人群，提心吊胆地走过来，一边赔笑一边让烟。

运来高声喊："许牛婶子，咋不开门呀，我想参观你养的肥猪哩！"

村主任随声附和，也高声喊："许牛家里，还不赶快出来认个错？"

停了好长一会儿，许牛老婆忽地开了门。她挺立门口，双手叉腰，怒气冲冲。

运来说："许牛婶子，听说你的猪圈不牢靠，我在城里买了一车水泥和钢筋，支援支援你这专业户。"运来笑着指指大解放。

啊，村主任惊呆了，运来爹惊呆了，村民们都惊呆了。

许牛老婆扭头看了看大解放，泪水哗地流了下来，猛然抱住运来，哽咽着说："我的侄儿呃，你真好！"